"文学与大国兴衰——法兰西现代性谱系之批判（第二期）"课题

光明社科文库
GUANGMING DAILY PRESS:
A SOCIAL SCIENCE SERIES

·文学与艺术书系·

重读维吉尔

传统诗学资源变创与古典文本现代性

徐 娜｜著

光明日报出版社

图书在版编目（CIP）数据

重读维吉尔：传统诗学资源变创与古典文本现代性 ／
徐娜著 . -- 北京：光明日报出版社，2025.2. -- ISBN
978 - 7 - 5194 - 8532 - 0

Ⅰ . I546.072

中国国家版本馆 CIP 数据核字第 2025198B5N 号

重读维吉尔：传统诗学资源变创与古典文本现代性
CHONGDU WEIJIER：CHUANTONG SHIXUE ZIYUAN BIANCHUANG YU
GUDIAN WENBEN XIANDAIXING

著　　者：徐　娜

责任编辑：杨　娜　　　　　　　责任校对：杨　茹　李学敏
封面设计：中联华文　　　　　　责任印制：曹　净

出版发行：光明日报出版社
地　　址：北京市西城区永安路 106 号，100050
电　　话：010-63169890（咨询），010-63131930（邮购）
传　　真：010-63131930
网　　址：http：// book. gmw. cn
E - mail：gmrbcbs@ gmw. cn
法律顾问：北京市兰台律师事务所龚柳方律师

印　　刷：三河市华东印刷有限公司
装　　订：三河市华东印刷有限公司
本书如有破损、缺页、装订错误，请与本社联系调换，电话：010-63131930

开　　本：170mm×240mm
字　　数：161 千字　　　　　　印　　张：12
版　　次：2025 年 2 月第 1 版　　印　　次：2025 年 2 月第 1 次印刷
书　　号：ISBN 978 - 7 - 5194 - 8532 - 0
定　　价：85.00 元

目 录
CONTENTS

1

绪　论

　　罗马古典文化与基督教的冲突、纠葛由来已久，可以说始自基督教信仰诞生之日就出现了，因为前者是后者新信仰诞生的异教环境土壤的一部分。经过激烈的缠斗，拉丁语言和文学在中世纪的西欧作为罗马遗产不可分割的部分被继承下来。彼时，拉丁语是教会的语言，教会的圣典、信条、法律和礼仪书是用拉丁文写成的，神职人员的基本素养是掌握拉丁语，因此，中世纪复兴罗马古典文化的抄写员主力军集中在西欧各主教座堂和修道中心，即僧侣阶层。

　　维吉尔（Publius Vergilius Maro，公元前 70 年—前 19 年）是古罗马最伟大的诗人，他是但丁笔下"曼图阿谦恭的灵魂"，作为罗马人留下的文学遗产的无可匹敌的中心、古典学问的代表、帝国覆灭后罗马情感的阐释者，维吉尔的名字在欧洲取得了一种近乎文明本身的意义。[①]除了是奥古斯都（Gaius Octavius Augustus）新政志同道合的称颂者，史诗颂歌的开创者，维吉尔在《牧歌集》第四首中关于"基督即将降临"的预言使他成为拉丁古典文化世界为数不多的先知诗人，并由此极其幸运地规避了漫长中世纪新信仰对罗马异教的倾轧与排斥。在萨莫拉（Zamora）座堂的 12 世纪风格的教士席位上，他与旧约中的先知列在一

---

　　① COMPARETTI D. Vergil in the Middle Ages［M］. London：Macmillan Press，1895：74.

起。11 世纪被称为"维吉尔时代"，维吉尔的作品被大量地抄写、引用、崇拜、模仿，而古典史诗向文艺复兴时期现代史诗的过渡是在维吉尔《埃涅阿斯纪》等的方言改编流行中实现的，新旧交替时期匿名氏的《埃涅阿斯与拉维妮娅罗曼史》（*Roman d'Eneas e da Laivine*）、维乔续篇、乔瓦尼·薄伽丘（Giovanni Boccaccio）的《苔赛依达》均属于维吉尔《埃涅阿斯纪》的方言改编作品。无论是中世纪的骑士文学罗曼史，还是文艺复兴时期的现代史诗，都有改编自《埃涅阿斯纪》的素材、主题或人物原型，如意大利人文主义诗人卢多维科·阿里奥斯托（Ludovico Ariosto）的《疯狂的罗兰》中神勇的东方女骑士玛菲萨（Marfisa）、托尔夸托·塔索（Torquato Tasso）的《被解放的耶路撒冷》中回教徒女战士克劳琳达（Clorinda）、埃德蒙·斯宾塞（Edmund Spenser）的《仙后》中象征美德的女骑士布里弢玛特（Britomart）等人物原型均来自《埃涅阿斯纪》伊利亚特篇沉寂于漫长中世纪的悲剧女战士卡密拉（Camilla）。

　　文艺复兴时期《埃涅阿斯纪》的大量方言改编作品、续篇及评论构成了维吉尔史诗在文艺复兴时期的接受史，可以视其为对维吉尔史诗复杂性与两重性的一种回应，关注并补齐了与史诗颂歌主旋律不协调的哀叹之声。20 世纪中叶兴起的哈佛派"双声解读"亦是一种对维吉尔史诗中暗线、伏笔及结尾问题性的回应，早期哈佛派学者亚当·佩里（Adam Parry）挖掘并放大了史诗中的忧郁基调，认为私下的哀叹之声才是诗人真正想要表达的东西，温德尔·克劳森（Wendell Clausen）认为维吉尔视罗马历史为人类精神一场得不偿失的胜利，晚期学者米歇尔·帕特南（Michael Putnam）的步调更为激进，将其演变为一种颠覆性的解读，将主人公解读为危险和狰狞的人物，开启了哈佛派后续更加政治化的解读，并将史诗结尾的英雄之怒解读为对奥古斯都的"谤诗"。笔者回归到文艺复兴时期学界对埃涅阿斯德行的伦理重估，彼时学界关注更多的是对埃涅阿斯违背父训，最终被愤怒和难以控制的暴力所击败情节的伦理探讨，结合诗人所处时代的古代宗教教义，以及维吉尔的文学之父荷马在史诗惯例中对诗歌情节、人物的预设等综合因素，尝试还原诗人真实的创作意图。

据艾利斯·多纳图斯（Aelius Donatus）《维吉尔传》记载，维吉尔的父亲务农，工作出色并娶了主人的女儿，后来又购置了林地，养蜂，颇为富有，维吉尔从小就在父亲的田庄过着农家生活，热爱自然，热爱意大利北部美丽的山川。《牧歌集》是维吉尔的第一部作品，一经问世就风靡一时，贺拉斯（Quintus Horatius Flaccus）称赞它"温存而有趣"（molle atque facetum），持续受到后世追捧，成为文艺复兴时期、新古典时期田园写作争相模仿的经典之作，近代文史学者也认为它是罗马文学中的首创，对后世影响极大。《牧歌集》中古典风景的叙事与描摹像18世纪英国风景画家威廉·特纳（William Turner）的画境，幽邃迷离，评论家麦凯尔（Mackail）誉之为"魔幻式的光泽，奇异的黄金，非人间的天光"①。西方田园书写的传统，即牧歌这种诗歌类型起源于西西里，最早可以追溯到希腊化时期出生在西西里的忒奥克里托斯（Theokritos）的《田园诗》（Idyll），维吉尔的《牧歌集》便是受其启发创作而成，并在文风及艺术性上更胜一筹，英国18世纪评论家塞缪尔·约翰逊（Samuel Johnson）评论道："忒奥克里托斯作为作家并不出众，至于他的牧歌，维吉尔明显比他高明，维吉尔的风景描写多得多，更富于情调，艺术性更高。"②学界普遍接受的一种观点是：维吉尔"发现"了象征牧人乐土的阿卡狄亚。然而，作为古典主义田园诗人代表

---

① GRANT M. Roman Literature ［M］. Cambridge：Cambridge University Press，1954：176.

② 詹姆斯·鲍斯威尔. 约翰逊传 ［M］. 蒲隆，译. 上海：上海译文出版社，2023：334-335.

的维吉尔并未将田园生活美化为"牧人乐土"抑或"桃源仙境"，而是保留了田园生活与真实乡村面貌及政治寓意之间的张力。"维吉尔古典风景叙事美学管窥"一章中，笔者旨在以现代审美的视角论述维吉尔如何在《牧歌集》中运用独特的多组意象对立的象征风景，塑造宁芙与牧人共同生活期间的牧歌静物画世界；辨析诗人是否在早期作品的风景叙事中创造了神话与现实巧妙融合的"阿卡狄亚"符号体系，及其在维吉尔风景叙事中的美学价值。

近十年来，西方古典文学研究聚焦古罗马文学的性别理论，颇有收获和突破。史诗父系解读一直是学界的传统，荷马史诗、罗马史诗无一例外，作品中的母亲形象被反复遮蔽与压制。史诗与父爱之间的元态亲密关系近年来开始遭受批评，维吉尔学者关注到《埃涅阿斯纪》中诗人把女性与回归性起源相联系，将男性与目标进程相关联，英国学者梅里德·麦考利（Mairéad McAuley）用母性想象来梳理《埃涅阿斯纪》，重新定位了史诗中女性主义的批判话语。笔者尝试梳理时下前沿的维吉尔研究性别理论，回归文本，为史诗中被反复遮蔽与压制的母亲形象去蔽，从"缺失的存在"和文本潜意识层面补全史诗解读的视角，探讨史诗中一度被忽略的母性话题。维吉尔史诗中反复出现的回归父权的处理方式，是确保史诗叙事从过去走向罗马最终的建立，是一种势不可挡的历史进程的书写，是诗人对文学之父荷马的虔敬，而母亲被描述为一种过去的物质体现，代表对未来的阻碍力量，需要被抛诸身后或适时消失，如"保持一段距离跟在后面"的消失的克鲁萨（Crusa），羞愤自刎的迦太基女王狄多（Dido），被带离现场的欧律阿鲁斯的母亲，作为史诗中的悲剧女性，她们都毁于不受控制的过度行为，无论是悲伤、愤怒还是渴望，以至于威胁到史诗叙事的男性世界的政治秩序，最终都从文本中消失或者被压制。维吉尔对母亲形象的刻意压制制造出文本潜意识中的种种不安，因为"万物皆可落泪"的感伤诗人潜意识里是需要母亲的，如同人类需要回归诗意的源头，同时他又需要摆脱母亲，回归史诗秩序的正统叙事。结合维吉尔《农事诗》中塑造的母神塞勒内形象，既没有对母亲的刻意压制，又没有缺席或适时地消失，展现为一位既拥有理性知识，又拥有诗意语言的"导师—母亲"塞勒内，对比《埃涅阿斯纪》中母爱性质缺席的母神形象，笔者分析两者如何影响英雄的自我认知及身份发展，论述"导师—母亲"塞勒内具有早期生态意蕴及一元中和的母性秩序思维体系，试图帮助我们消解二元对立等级制思维体系自带的紧张、冲突及现代性智识上的危机。

《埃涅阿斯纪》卷七的"冥府意象"似乎是整部史诗的一段题外题、话外话。冥府之旅远在《埃涅阿斯纪》基本故事情节之外，显得与史诗其他部分相对脱节，因此也一直是学术界争论的话题。争论的焦点集中在维吉尔卷六塑造的冥府中评判体系多重标准，叙述内在矛盾，卷六由"库迈崖壁庙门"和"睡梦之门"标记为一个独立的单元而显得不同。学者泽特泽尔（James E. G. Zetzel）将卷六的独立与脱节解释为关于史诗整体意涵的著者旁白和间接注释；诺伍德（F. Norwood）认为，维吉尔是出于美学的考量，有意制造出前后不一致的错位与矛盾，勾勒出三种地狱。国内学者王承教探讨"睡梦之门"的现代释义，认为冥府之旅不是史诗叙事的真正事件，而是梦境，诗人正是通过"睡梦之门"这个独特的诗学手法否定了冥府之旅的实存性。国内学界目前很少关注冥府意象的流变，维吉尔以荷马为师，效仿并改编《奥德赛》卷十一中阴间情景的描写，赋予其罗马法的德性和惩戒的意义，从而用普遍化的道德准则来教化奥古斯都时期的罗马公民。同时，埃涅阿斯的冥府之旅是但丁地狱之旅的原型，笔者在第七章尝试梳理西方文学史长河中冥府意象的流变，以及各个时期冥府意象的历史理解与道德评价。

维吉尔的诗歌创作风格深邃隽永，擅长使用象征和暗示的手法，烘托出朦胧的氛围，考察维吉尔《埃涅阿斯纪》中诗人对于前辈诗人卡图卢斯（Quintus Valerius Catullus，公元前 84 年—前 54 年）在《歌集》（*Canto*）64 首中构建的叙事迷宫的回应与解答便可见一斑。卡图卢斯《歌集》第 64 首是整部诗集最长、结构和主题最复杂的一首，被学术界评价为古罗马文学中最令人困惑的一首诗，是新诗派微型神话史诗（epyllion）的代表之作，这首诗又叫作《佩琉斯与忒提斯的婚礼》，因其介绍的是著名的神人姻缘的婚礼场面①；诗人在其中塑造了一座叙事的迷宫：杂糅的虚幻时空，环状结构的诗文，多重声音和视角的并置，文本的重复与折叠等。而多重声音和视角既来自诗歌故事中的不同人物和叙事声音，也来自不同的神话版本，传统诗学资源多部作品之间的对话与碰撞。这首诗融合了古希腊诗人阿波罗纽斯（Apollonius）的《阿尔戈英雄纪》（*Argonautica*）、欧里庇得斯（Euripides）的《美狄亚》（*Medea*）、荷马的《伊利亚特》（*Iliad*）、罗马诗人埃纽斯（Enius）翻译的《美狄亚》、罗马诗人阿奇乌斯（Accius）的悲剧等多部前辈诗人的作品。有趣的是卡图卢斯完全打乱了神话编年史的顺序，打破了神话史诗的线性时间，在佩琉斯和忒提斯的婚礼绣毯上，呈现阿尔戈号的航行，以及遥远未来忒修斯（Theseus）与阿里阿德涅（Ariadne）的故事，体现出诗人对神话和史诗权威性的质疑。自泛希腊化时期以来，神话史诗就已失去文化体系里的中心地位，不再严肃地承载民族集体记忆之功能，而诗人对希腊传统诗学资源的借鉴与改写，已成为一种文学写作手法与游戏。

维吉尔《埃涅阿斯纪》则有效地帮助我们解锁了卡图卢斯 64 首中文本重复与折叠的谜题，给出了解谜游戏的路径，"迷宫"意象与特洛伊少

---

① 忒提斯是海洋女神，河神俄刻阿诺斯的外孙女，宙斯曾追求她，忒提斯因对抚养她的赫拉心存敬畏而回避众神之父的追求，后来德高望重的特弥斯预言忒提斯注定会生下比父亲更出色的儿子，宙斯才放弃追求她，命其下嫁凡人，佩琉斯是参与阿尔戈号远航的一位英雄，这对神人姻缘诞下阿开亚无所畏惧的英雄阿喀琉斯。

年祭礼仪式的"盘旋舞步"相印证,"编织"(intexnunt)一词在这两部经典诗作中重复出现,透露出其与迷宫构造、造船、造木马以及绣毯编织之间的内在联系,成为解谜游戏的关键词。不难发现,卡图卢斯以荒诞略带戏谑的方式编织了一个叙事的迷宫,呈现出一种反严肃文学的诙谐,并用诙谐的方式表达了虚无的观点,透露出庄周梦蝶般的达观与清醒;同时,诙谐中不乏严肃,文末质疑人类罪行的发轫,是古已有之,只是被诗人和世人厚古薄今的偏见所障目。维吉尔则以庄重而崇高的、悲悯人类行为局限性及人类苦难的方式呈现出一种异曲同工的虚无观点,"编织"一词一言以蔽之,维吉尔笔下少年用舞步编织神意与命运,正是诗人运用传统诗学资源与想象力,书写史诗神话、悲剧诗歌的隐喻。

综上所述,维吉尔作为传统诗学资源的完美综合者,他的诗作既有承续,又有变创。以荷马史诗为范本创作而成,并被呈现为《伊利亚特》续篇的《埃涅阿斯纪》在历史的厚重度与思想的成熟度上实现了全新的突破,罗马史诗的英雄亦有独创,埃涅阿斯虔敬、忠义而不失勇猛;希腊史诗的英雄一切行动都是个人的,阿喀琉斯因个人恩怨决定参战与否,奥德修斯(Odysseus)历经海上漂泊十年回家,表现的是个人才智,达成的是个人家庭的团聚;而埃涅阿斯的一切行动都是为了建立一个新民族、新帝国,个人幸福是需要舍弃牺牲掉的,因为他是神圣意志的执行者,奥古斯都新政、新秩序"虔敬"(pietas)的践行者。诗人受希腊化时期西西里诗人忒奥克里托斯影响,创作而成的《牧歌集》在风景描写上亦彰显维吉尔的高明之处,相较忒氏《田园诗》,后者有更多的风景描写,艺术性更高,更富于情调。关于传统诗学资源的变创,荷马史诗中只能看到父系宗谱论述,因为史诗的父系解读一直是学界的传统,维吉尔则在承续这种父权、父爱与史诗的元态亲密表达之余,有关于母亲形象和"衍续"母系链条的新的表述,母系宗谱论述是维吉尔的首创,是荷马未曾论及的新领域。

　　罗马文学的性别理论研究本身就是一个现代性话题，近年来，维吉尔研究学者关注到《埃涅阿斯纪》中诗人将女性与回归性起源相联系，将男性与目标进程相关联，重新定位了史诗中女性主义的批判话语，笔者结合文本，对这一现代性话题进行深度解析，为史诗中的母亲形象去蔽，探讨史诗中被忽略的母性话语，发现史诗父系解读的局限性和不完整性，重构全新维度下的诗歌逻辑。重读经典，20 世纪中叶维吉尔研究出现的哈佛派①"双声解读"挖掘并放大史诗颂歌中的忧郁基调，强调创建罗马背后个体付出的沉重代价，并认为诗人通过后几卷的悲剧色彩暗示罗马帝国的形成意味着意大利原始纯净的丧失，这显然是一种现代性的论调。一方面，哈佛派反战、反杀戮，尊重个体生命体验，对历史进程中个人所经受的痛苦与伤害表示悲悯，具有明显的历史背景及时代风潮因素影响的参与，20 世纪 60 年代越战时期美国产生了反战和反帝国思想，它是一种被越战点燃的、对帝国主义的新怀疑主义，导致了国家和帝国主义思想的幻灭②；另一方面，该学派的后期学者帕特南步调激进，将"双声解读"直接演变为一种彻底颠覆性的解读，结合原史诗的结尾问题性，开启了哈佛派后续过于政治化的解读。对古典文本的现代性解读不局限于综述的梳理及立足于当下的考量，更应该带着问题意识回归并追溯该思潮萌芽盛行至沉寂等不同时期学界的争论及批评，结合诗人所处时代的历史背景、宗教教义、史诗惯例等综合因素进行真实、全面的现代性解读。

---

① "哈佛（悲观）派"的得名，来自美国学者约翰逊 1976 年出版的《可视的黑暗》一书，约翰逊在一条注释中提到，之所以这样命名，是因为对维吉尔史诗集中做出这样悲观解读的主要著作，都是由与哈佛古典系有关联的学者写就，如克劳森、亚当·佩里、米歇尔·帕特南都强调埃涅阿斯被塑造成一个有强大力量，即神意或命运的受害者，他需要一直忍受加在自己身上的亡国之痛、妻子的失踪、狄多的诅咒、父亲的去世等种种不幸。（JOHOSON W R. Darkness Visible：A Study of Vergil's Aeneid [M]. Alhambra：University of California Press, 1976：11, 156.）

② STAHL H P. "Aeneas-An'Unheroic'Hero?"[J]. Arethusa, 1981, 14：157.

　　本书从多个时代维度重读罗马经典，考察文艺复兴时期对古典作品中维吉尔史诗的大规模续写、改写及评论，探讨彼时学界对英雄德行的伦理重估，结合 20 世纪中叶学术界兴起的维吉尔解读"双声论调"，立足当下，解构各流派的历史及政治成因。本书参考大量英文、拉丁文、意大利文等外文文献，文献跨度从古代典籍延伸至近十年的学术研究成果，具有重要学术价值。

第一章

维吉尔史诗在文艺复兴时期的续写与伦理重估

　　古罗马文法家塞维乌斯（Servius）在《维吉尔诗注疏集》前言中提及《埃涅阿斯纪》的创作意图："维吉尔旨在模仿荷马，并以赞美罗马人祖先的方式称颂奥古斯都。"[①] 这部现存最早的维吉尔诗歌注疏集明确表达出这样一种整体解读：维吉尔在奥古斯都文人赞助体制[②]下，作《埃涅阿斯纪》为其敬仰的君主奥古斯都及其施行的新政歌功颂德，将朱利乌斯[③]族谱的血脉归宗神裔，以追思罗马建国伟业的艰辛。这种"奥古斯都解读"在后世维吉尔史诗的两千年解释传统中一直占据主流地位。19 世纪至 20 世纪中期在欧洲工业革命和海外殖民扩张的历史背景下，维吉尔研究学者主张颂扬大刀阔斧的改革与历史进程，以及更高

---

① THILO G, HAGEN H. Servii Grammatici Qui Feruntur in Vergilii Carmina Commentarii, vol. 1 ［M］. Leipzig：Teubner, 1881：5.

② 指奥古斯都时期的文学秩序，是一种由国家、恩主（权臣）、友人和公众构成的庞大体系，罗马皇帝（直接或通过臣属）赐给诗人土地和财物，诗人则以作品相回报。这个文学赞助体制与政治领域的赞助体制有很大不同，后者的恩主与门客之间的关系相对直接而明显，文学赞助体制的双方更倾向于用"友谊""朋友"这类软性词汇来掩饰二者在社会地位上的差异；在古希腊及罗马共和国时期，也存在贵族对作家的赞助，但主要体现的是个人影响力，并不代表国家的立场。李永毅. 贺拉斯诗歌与奥古斯都时期的文学秩序［J］. 文艺理论研究, 2018（3）：68-77.

③ 朱利乌斯是罗马古老的家族，罗马共和国独裁官凯撒是朱利乌斯家族最显赫的成员，盖维斯·屋大维·奥古斯都是凯撒外甥女的儿子，凯撒在遗嘱中收他为养子，把族姓朱利乌斯和家姓凯撒都赐予了他。

文明与宗教对半野蛮部族的征服与教化，这一时期在欧洲流行的乐观解
读①，延续了"奥古斯都解读"颂歌的主旨。到了 20 世纪中期，欧洲
传统的乐观解读开始受到质疑，出现了哈佛派悲观的史诗解读，认为维
吉尔将罗马历史视为人类精神一场得不偿失的胜利，史诗卷末情节表明
"英雄、秩序和混沌都被一种不可平复、无从理解的虚无精神所吸纳，
甚至被完全吞噬"②。而在英国当代史学家克雷格·卡伦多夫（Craig
Kallendorf）看来，类似哈佛派观点的悲观解读早在意大利文艺复兴时
期已有萌发（*Other*：49-50）。

一、《埃涅阿斯纪》的续写与"双声解读"缘起

文艺复兴时期意大利诗人马菲·维乔（Maffeo Vegio）为维吉尔的

---

① 欧洲乐观解读的提法可参见卡伦多夫著作《另一面的维吉尔》（KALLENDORF
C. The Other Virgil："Pessimistic" Readings of the Aeneid in Early Modern Culture ［M］.
Oxford：Oxford University Press，2007：41. 后文出自同一著作的引文，将随文标出该
著名称简称"*Other*"和引文出处页码，不再另注），这类观点大多认为维吉尔的创
作意图是，在文学方面模仿并超越荷马史诗，创作出拉丁文学经典；在历史方面歌
颂罗马的辉煌成就，称颂奥古斯都结束内战、实施新政的功绩。可以归入这一类解
读的代表人物及作品有法国批评家圣伯夫（Charles Augustin Sainte-Beuve）的《维
吉尔研究》、英国古典学家奈特士普（Henry Nettleship）的《拉丁文学研究》、德国
学者海因策（Richard Heinze）的《维吉尔的史诗技巧》等。圣伯夫在维吉尔写作
史诗目的方面沿用了赛维乌斯（Servius）的说法；奈特士普强调史诗的主题就是罗
马在神意指引下所体现的征服和教化的威力；海因策认为罗马、罗马人民和政治领
袖的伟大"命运的力量和神明的意志以奇异的方式引导罗马人民……无穷无尽的艰
辛和牺牲，也正是如此辉煌成就的代价"（转引自高峰枫. 维吉尔史诗中的历史与
政治 ［M］. 北京：北京大学出版社，2021：14. 后文出自同一著作的引文，将随文
标出该著名称首字"《维》"和引文出处页码，不再另注），令维吉尔能够让读者
感受到史诗题材崇高的震撼美感；英国古典学者杰克逊·奈特（W. F. Jackson
Knight）在其著述《罗马维吉尔》中表达的意见与圣伯夫等的学者略有不同，他认
为维吉尔大体支持奥古斯都政权，但是诗中对死亡和丧痛的描述，表明诗人对盛世
来临前所付出的代价和牺牲的关注（《维》：13-17）。

② JOHOSON W R. Darkness Visible：A Study of Vergil's Aeneid ［M］. Alhambra：University
of California Press，1976：11.

史诗《埃涅阿斯纪》撰写过续篇，这个所谓的"卷十三"在完成后沉寂了半个世纪才得到较为广泛的阅读。续篇情节由埃涅阿斯（Aeneas）接受鲁图利亚人的投降、归还图尔努斯（Turnus）的尸体展开，随后埃涅阿斯率领一行人前往劳伦图姆订婚并建立了自己的新城池，迎来随后有序治理下的三年和平盛世，朱庇特（Jupiter）为永世铭记埃涅阿斯的功绩，将他的灵魂变为一颗星宿，在浩瀚天际熠熠生辉。维乔的续写强化了一种黑白分明的解读：图尔努斯被刻画为形象鲜明的反面人物，因其疯狂行为造成暴力而遭受伦理的谴责；而被封神的埃涅阿斯在勇气和忠诚方面都是完美且无可指摘的，他从未被愤怒和不受控制的暴力所征服（*Other*：41）。维乔续篇的简单化解读，或许正是因为他在维吉尔史诗中看到了文本的两重性与复杂性，令他感到不安，以此来对维吉尔文本的两重性进行某种"澄清"。

在 15 世纪的意大利，续写《埃涅阿斯纪》的不止维乔一人，皮尔·德切彪（Pier Candido Decembrio）的续作虽篇幅短小，留存于手稿的也只有九首诗歌，但重要性却不言而喻。有意思的是这篇续作是从鲁图利亚人的角度呈现全貌的，图尔努斯不再是埃涅阿斯的反面陪衬，而是被描述为精神高尚的爱国者、在国家命运未卜时拿起刀剑保卫国家的民族英雄。同时期的意大利人文主义学者乔瓦尼·庞塔诺（Giovanni Pontano）在其论述美德的著作《关于勇气》（*De fortitudine*）中，曾多次援引《埃涅阿斯纪》中关于美德的例证，但这些例证均来自埃涅阿斯的对手们，如图尔努斯及其盟友墨赞提乌斯（Mezentius）①，而非埃

---

①　庞塔诺列举《埃涅阿斯纪》卷十墨赞提乌斯的行为，并引用他的话语来论证"体面的死亡比苟且地活着更可取"（转引自 *Other*：43-44）。

涅阿斯本人，维吉尔对敌人溢于言表的赞美与同情①强化了维吉尔史诗的复杂性与两重性。根据德切彪的续篇和庞塔诺的评论，以及下文还将提及的文艺复兴时期相关文献，卡伦多夫在其著述中推论认为，在早期意大利人文主义批评中就已存在悲观解读论调的雏形，但仅作为一种次要的解释传统存在，并未挑战过"奥古斯都"解读的主流地位（*Other*：49-50）。

时隔近五百年的美国学界兴起的哈佛派"双声解读"亦是一种对维吉尔史诗复杂性与两重性的回应。哈佛派初代学者亚当·佩里关注并补全史诗中被忽略的与主旋律不相协调的哀叹、失落与忧郁之声，他的"双声解读"② 挖掘并放大了原史诗中的忧郁基调，着重强调创建罗马背后个体付出的沉重代价。如原著卷七末尾特洛伊人在台伯河口登陆，两军对垒时，维吉尔描摹了一幅拉丁姆原始部族将领战死的哀痛画面：

> Tenemus Angitiae,
>
> Vitrea te Fucinus unda,
>
> teliquidi flevere lacus. ③
>
> 安吉提亚的树林，
>
> 弗奇努斯湖晶莹的波涛，

---

① 英国当代维吉尔研究学者 W. A. Camps（W. A. 坎普）在对《埃涅阿斯纪》次要人物的解读中，认为狄多和图尔努斯都是因神灵关于罗马命运安排上的分歧及天后朱诺的阻挠计划而产生的悲剧牺牲品，诗人在理解他们的人生体验时满怀同情（CAMPS W. A. An Introduction to Virgil's Aeneid ［M］. Oxford：University of Oxford Press，2010：43）。

② 因佩里于 1963 年发表的论文《维吉尔〈埃涅阿斯纪〉中的双重声音》，即哈佛派悲观解读的开山之作得名（PARRY A. The Two Voice of Virgil's Aeneid ［J］. Arion，1963，2（4）：66-80.）。"双重声音"分别指公开的胜利之声和私底下的叹息之声，这两种声音自始至终同时出现在维吉尔史诗颂歌里，交织在一起并且相互对立。

③ VIRGIL. The Aeneid ［M］. Middletown：Neptune Publishing，2019：392.

和澄澈的潭水都在为他的死而哭泣。①

　　佩里在研究中援引了这首挽歌，并提出这些原始部族人代表了最初的意大利血统，鲁图里亚人的首领图尔努斯也因此被塑造成单纯勇敢、热爱荣誉的形象，可惜这种精神无法在残酷的文明竞争中生存；而罗马则是当地意大利人民的自然美德与特洛伊人的文明力量之间的和解。同时，佩里认为，史诗最后几卷的悲剧色彩暗示了罗马帝国的形成意味着意大利原始纯净的丧失，这种惋惜之情正是诗人悲悯特质的体现，而维吉尔的伟大之处正在于他既唱诵宏伟壮阔、势不可当的历史进程，又哀悼那些无法在复杂文明中存活的单纯而鲜活的精神和原始纯净。

　　哈佛派另一重要代表人物米歇尔·帕特南于 1965 年出版的专著《〈埃涅阿斯纪〉的诗歌》也因与佩里相近的观点引发了较大争议。通过关键字词的分析，帕特南发现卷二描写屠戮特洛伊人的希腊武士、阿喀琉斯（Achilles）之子皮鲁斯（Pyrrhus）时所用的文字，此时也被维吉尔用来描写战场上满腔怒火的埃涅阿斯。在他看来，"以虔敬、忠义著称的埃涅阿斯，却在末卷对战拉丁族人图尔努斯时暴露出残暴、狰狞的面目，他已不再是命运的猎物，而变为燃烧自己满腔怒火的杀戮者"②。帕特南彻底实现了悲观论调对传统解读的颠覆与逆转，史诗中阻碍罗马建国的意大利原始部族首领图尔努斯在帕特南笔下从野蛮傲慢的"国家公敌"摇身一变，成为惨死在入侵者手下的民族英雄，主人公埃涅阿斯则从可怜的受害者变为危险而狰狞的施暴者，从流亡者变成

---

　　① 维吉尔，塞内加. 埃涅阿斯纪 特洛亚妇女［M］. 杨周翰，译. 上海：上海人民出版社，2016：247. 本文中出自同一著作的引文，将随文标出该著名称首字"《埃》"和引文出处页码，不再另注。

　　② PUTNAM M. The Poetry of the Aeneid［M］. Cambridge：Harvard University Press, 1965：179.

侵略者，结合埃涅阿斯对奥古斯都的历史身份影射，帕特南似乎倾向于维吉尔的史诗颂歌在后几卷践行隐微写作（《维》：63），几乎成了一首"谤诗"。德国学者汉斯·施塔尔（Hans-Peter Stahl）认为，帕特南这种逆转式的解释将关注点放在"埃涅阿斯的愤怒"上，弱化了图尔努斯的反面形象（转引自《维》：234）。笔者也对这种颠覆性的解读深表怀疑：维吉尔为何要在洋洋十二卷的史诗颂歌尾声颠覆自己塑造的虔敬而忠义的罗马英雄呢？

二、虔敬抑或残忍：对罗马英雄的控诉与辩护

关于埃涅阿斯的英雄品质，文艺复兴时期的争议多集中在如何定义维吉尔赋予他的特质——"pietās"（虔敬、忠义）上，该词的拉丁语原意有两方面的含义："虔诚、孝顺、尽职尽责"，或"同情心、感恩、敬畏"。在维吉尔之前几个世纪的古罗马，便流传着埃涅阿斯从特洛伊覆灭的战火中营救出父亲安契西斯（Anchises）的传说，并以悲剧、艺术制品，甚至金币上的肖像等各种形式得到传颂。因此，埃涅阿斯首要的可贵品质便是孝顺。维吉尔在此基础上强化了埃涅阿斯虔敬、忠义的品质。在《埃涅阿斯纪》末卷，图尔努斯在战场上请求埃涅阿斯饶命时，也因其享有盛名的孝顺美德恳请他"倘若一个可怜的父亲所感到的悲痛能够感动你，我求你，可怜可怜垂暮之年的道努斯，把我，抑或我的尸体送还给我的亲族"（《埃》：416），埃涅阿斯尽管一度为之动容，最终还是因可怕的怒火而杀死图尔努斯。到底是此时的埃涅阿斯遗忘了父训——"对臣服的人要宽大，对傲慢的人要通过战争征服他们"（《埃》：216），还是维吉尔在刻意呈现埃涅阿斯虔敬、忠义的品质与其内心难以控制的愤怒之间不可调和的矛盾呢？有"基督教西塞罗"美誉的古罗马学者拉克坦提乌斯（Lactantius）常常援引维吉尔的话语，并将之奉为经典，唯独在这个问题上，他在其《七卷针对异教徒的神

圣教义书》（*Divinae institutiones*）中抨击埃涅阿斯的美德："当埃涅阿斯杀死那些放弃反击、抵抗，并以埃涅阿斯父亲名义恳求饶命的人，便不能称之为孝顺。"①

文艺复兴时期意大利人文主义学者安东尼·波塞维诺（Antonio Possevino）也在《荣誉对话录》一书中以吉贝托（Giberto）和乔瓦尼（Giovanni）两人的对话形式，对《埃涅阿斯纪》结尾这场决斗进行了探讨，认为"埃涅阿斯杀死图尔努斯的行为……表现得很不光彩，违背了亡父……的规训"，不能被"理解为光荣之举"。② 在波塞维诺的尖锐批判中，埃涅阿斯被控诉为一个发假誓者、伪神崇拜者、始乱终弃的背叛者、屡次屈服于愤怒的伪英雄。③ 另一位同时代的意大利人文主义评论家李奥纳多·萨维亚蒂（Lionardo Salviati）致力于研究《疯狂的罗兰》与古典史诗的关系，他对埃涅阿斯的指控同样颇为尖锐：缺乏勇气、发假誓言、背叛。除此之外，他还质疑埃涅阿斯的成就和性格，认为《埃涅阿斯纪》的结尾未能成功将埃涅阿斯塑造为诗人全力建构的新秩序和新人类的代表，只能算是个失败的英雄。④

古罗马文法家埃利乌斯·多纳图斯（Aelius Donatus）的《维吉尔传》和赛维乌斯的教义书均于 15 世纪末被重新发现，因此也得以参与到文艺复兴时期与埃涅阿斯相关的讨论中。多纳图斯在《维吉尔传》

① OKAMURA D S W. Virgil in the Renaissance［M］. Cambridge：University of Cambridge Press，2015：202. 本文中出自同一著作的引文，将随文标出该著名称首词"Virgil"和引文出处页码，不再另注。
② OSSEVINO A B. Dialogo dell'honore［M］. Venice：Gabriel Giolito de'Ferrara e fratelli，1553：137.
③ OSSEVINO A B. Dialogo dell'honore［M］. Venice：Gabriel Giolito de'Ferrara e fratelli，1553：137.
④ 萨维亚蒂的书信由彼得·布朗于 1971 年整理出版，故此处参见 In Defence of Ariosto：Giovanni de Bardi and Lionardo Salviati［M］. Chicago：University of Chicago Press，1971：27.

中写道："埃涅阿斯很想宽赦图尔努斯，他虔敬、忠义的品质是毋庸置
疑的，同样显而易见的还有他对帕拉斯（Pallas）的挚爱，因此杀死帕
拉斯的图尔努斯最终没能逃脱。"① 赛维乌斯的见解则代表了基督教对
图尔努斯之死的解读："当埃涅阿斯想要放过图尔努斯时，他是虔敬、
忠义的；当埃涅阿斯想为帕拉斯复仇时，他亦是虔敬而忠义的。"② 无
独有偶，但丁在《帝制论》中亦提出，埃涅阿斯与图尔努斯的决斗证
明了他的温和伟大的慈爱品质，若不是因为帕拉斯，埃涅阿斯定会慷慨
地赦免敌手。③ 对多纳图斯、赛维乌斯和但丁而言，虔敬的品质需要一
定的仁慈，但并非必然条件，复仇也是一种抵达虔敬的殊途同归的方
式，同样具有特权。

在文艺复兴的评论界，这种观点被克里斯托弗罗·兰迪诺（Cristoforo
Landino）和巴迪乌斯·阿森修斯（Badius Ascensius）重新阐释。兰迪
诺认为，埃涅阿斯很凶猛，但倾向于仁慈，如果图尔努斯在最后关头宽
赦了帕拉斯，那么埃涅阿斯也会愿意宽赦图尔努斯，但他终究还是被图
尔努斯腰间的战利品激怒了，想到后者的残忍，埃涅阿斯权衡利弊后认
为，相较于宽赦以父之名恳求饶命的敌人，为他的盟友献上杀子凶手作
为牺牲更忠于虔敬的品质。因此，在兰迪诺看来，埃涅阿斯不是出于愤
怒或残忍杀死图尔努斯，而是出于虔敬（转引自 *Virgil*：198–199）。阿
森修斯也认为，维吉尔自始至终都将埃涅阿斯刻画为一位虔敬的忠义之
士，不论是在他怜悯图尔努斯时，还是怒杀对方时，怜悯与复仇是两种

---

① Quoted from Luca Antonio, *Giunta da Firenze*, T. C. Donatus on *Aen.* 12. 947 ［M］.
Venice：Gabriel Giolito de' Ferrara e fratelli, 1544：533.
② Quoted from Luca Antonio, *Giunta da Firenze*, Servius on *Aen.* 12. 940 ［M］. Venice：Ga-
briel Giolito de' Ferrara e fratelli, 1544：533. 由于多纳图斯和赛维乌斯同为 4 世纪的
古罗马文法家，又都在 15 世纪末被重新发现，文艺复兴时期的编者便将两人对史
诗末卷情节的评论放在一起。
③ 但丁. 但丁精选集［M］. 北京：北京燕山出版社，2004：646.

同属虔敬、忠义品质的相反行为，在埃涅阿斯怒杀图尔努斯的情况中，复仇的行为比怜悯更显虔敬（转引自 *Virgil*：198-199）。可以看出，兰迪诺和阿森修斯的解读都加入了对复仇因素的解读，意大利人文主义学者托尔夸托·塔索（Torquato Tasso）和雅各布斯·蓬塔努斯（Jacobus Pontanus）也做过类似的论证，前者论述在古罗马的历史背景下，复仇是被习俗和环境所允许的，甚至是种责任；后者援引拉克坦提乌斯对维吉尔之残忍的指控时，话锋一转，指出留图尔努斯活口在政治上是立场错误且不明智的，杀死图尔努斯则是古代宗教教义所要求的，那些指责维吉尔或埃涅阿斯残忍、不仁慈的人，与其说是谴责史诗的处理方式和英雄的忠义行为，不如说是在谴责当时宗教的教义和标准残忍，因为在当时的教义中，那些为不公正行为复仇的人是被视为虔敬之人的（转引自 *Virgil*：198-199）。

文艺复兴时期的评论家，尤其是控诉罗马英雄典范在决斗中手刃对手的一方，大都潜在地预设了一个时代的伦理范例——慈悲的耶稣。而维吉尔是生活在耶稣诞生前的罗马诗人，他的诗歌自然遵循自己所处时代的宗教教义和风俗。因此，与耶稣相比，维吉尔笔下的埃涅阿斯所具有的虔敬品质自然缺少悲悯与同情，缺少道成肉身的救赎特质，史诗的结尾自然也不会有基督教意义上的和解与宽恕，而是通过古代宗教教义所允许的残忍的杀戮与复仇来践行虔敬。另外，上文提及抨击埃涅阿斯美德的《七卷针对异教徒的神圣教义书》，本身就是拉克坦提乌斯为基督教教义辩护、对异教徒进行道德批判而撰写的。笔者认为，指责耶稣诞生前的罗马道德典范埃涅阿斯不虔敬，显然是基于后世基督教伦理立场的口诛笔伐。

三、《埃涅阿斯纪》结尾问题性与英雄之怒

《埃涅阿斯纪》在埃涅阿斯手刃图尔努斯的场景中戛然而止，一直

是学界关注、争论的焦点。有学者批评维吉尔在情节与布局上的不完整，亦有人洞悉到史诗结尾的挑战性。英国当代学者约瑟夫·西特森（Joseph C. Sitterson）认为，文艺复兴时期意大利诗人卢多维科·阿里奥斯托（Lodovico Ariosto）在维吉尔的道德世界中看到了比大多数同时代学者更多的两重性，洞悉了《埃涅阿斯纪》所呈现的人性及政治制度的复杂性和微妙性。[1] 16 世纪时，阿里奥斯托的《疯狂的罗兰》被译介到海外，英译者约翰·哈灵顿（John Harington）认为，作为经典史诗颂歌的模仿作品，阿里奥斯托的《疯狂的罗兰》仿效了维吉尔《埃涅阿斯纪》的结尾，以罗多蒙之死戛然而止，向自己的文学之父维吉尔致敬：

他说着，满腔热血沸腾，一刀刺进了图尔努斯的胸膛。
图尔努斯四肢瘫软，僵冷，在呻吟中，他的生命消失了，忿忿地下到了阴曹。[2]

鲁杰罗高举起手中的匕首，猛刺向罗多蒙可怖的额面，
匕首尖插入了两次、三次，再一刺，刃全入，方脱危险。
异教徒灵魂弃冰冷躯体，离开时还仍然骂声不断，
飞向了惨淡的阿克戎河；人世间他曾经无比傲慢。[3]

西特森基于哈灵顿的观点进一步提出，《埃涅阿斯纪》结尾主人公手刃图尔努斯，更像是向愤怒和缺乏控制的暴力妥协。阿里奥斯托对维

---

① SITTERSON J C. Allusive and Elusive Meanings: Reading Ariosto's Vergilian Ending [J]. Renaissance Quarterly, 1992, 45: 1-5.
② 维吉尔. 埃涅阿斯纪 [M]. 杨周翰，译. 上海：上海人民出版社，2016：417.
③ 卢多维科·阿里奥斯托. 疯狂的罗兰（下）[M]. 王军，译. 杭州：浙江大学出版社，2017：1903.

吉尔史诗结尾场景的模仿，正是为了强调埃涅阿斯未能成为他想成为的人：虔敬、仁慈的埃涅阿斯输了，最终输给了愤怒和失控的暴力，即反面人物图尔努斯、狄多所代表的特质。① 西特森这种维吉尔在史诗结尾推翻了整部诗歌推崇的虔敬品质和理想秩序的解读，似乎在暗示维吉尔在古罗马时期已经开始用自我颠覆的方式进行写作。

在维吉尔描绘的有益于罗马社会的新秩序中，作为新人类代表的埃涅阿斯最突出的品质是"虔敬"，而"愤怒"是维吉尔配合奥古斯都新政所创建的罗马理想秩序的反面。拉克坦提乌斯曾对作为罗马道德典范的埃涅阿斯的"虔敬"品质与"愤怒"行为做出过尖锐批判："怎么会有人认为埃涅阿斯身上有什么美德呢？一个像稻草一样一点就着、忘记父训、无法控制自己愤怒的人？基督可能会愤怒，但不会失去控制，被失控的怒火攫取，更不会激怒，无论如何，都不会诉诸复仇的行为。"（转引自 *Virgil*：201）而作为对埃涅阿斯的辩护，多纳图斯则详细区分了埃涅阿斯之愤怒与愤怒的习气，他认为埃涅阿斯不可遏的"怒"是愤怒，而不是易怒。② 美国古典学者大卫·斯科特·威尔逊·奥卡穆拉（David Scott Wilson-Okamura）也从基督教伦理的角度来阐释，并引述《约翰福音书》卷二内容表达了类似的观点："当耶稣把兑换银钱的人赶出圣殿时，他被激情所吞噬，确切地说，是一种愤怒的激情，而这种愤怒通常分为两种：正义的愤怒和邪恶的愤怒，正义之怒出现在人类堕落前，并持续督促我们惩罚罪恶。"（*Virgil*：201）

那么《埃涅阿斯纪》卷末埃涅阿斯手刃图尔努斯时到底是出于暴力之怒还是正义之怒，就与图尔努斯是否罪有应得有着紧密关联。从卷

---

① SITTERSON J C. Allusive and Elusive Meanings: Reading Ariosto's Vergilian Ending [J]. Renaissance Quarterly, 1992 (45): 1-5.

② Quoted from Luca Antonio, *Giunta da Firenze* [M]. T. C. Donatus on*Aen*. 12. 947. Venice: Gabriel Giolito de' Ferrara e fratelli, 1544: 533.

十图尔努斯杀死帕拉斯的事件进行分析：首先，这是一场实力悬殊的对战，帕拉斯是一位少年武士，诗人将两者的对战比喻为"一头狮子从高处远眺，看见平川上站着一头公牛正准备想要角斗，于是飞也似的冲了下去"（《埃》：333）。诗人用狮子追捕猎物来强调双方实力的悬殊。而战前图尔努斯的叫嚣展现的则是一幅勇猛狡黠的狮子猎杀初生牛犊的画面，猎杀的目的就是让帕拉斯的父亲痛苦，更是毫无仁义和孝道可言，完全是一个野蛮傲慢的暴虐者形象。从这个层面来看，埃涅阿斯手刃图尔努斯不失为战场上的正义之举。

埃涅阿斯作为维吉尔塑造的罗马英雄典范，与荷马笔下的英雄有不同的特质，不如荷马笔下的英雄勇猛、野蛮，却多了几分犹豫、感性和忍耐。但作为对荷马史诗的效仿，《埃涅阿斯纪》自然离不开荷马史诗某些预设的"钳制"——《伊利亚特》中很多对战人物请求胜利者饶命，但荷马没有安排任何一次宽赦，而是无一例外地击杀。《埃涅阿斯纪》的结尾也可以被认为是在承续荷马的这种"惯例"，仿效"阿喀琉斯杀死赫克托尔"的章节，该章也多次提到阿喀琉斯的"凶残"，比如，赫克托尔（Hector）对战时提出取胜一方有权取对方性命，但需将尸体归还敌方安葬，却被阿喀琉斯无情拒绝；赫克托尔战败后同样以双亲的名义乞求把他的尸体归还给族人安葬，阿喀琉斯又断然拒绝："你这条狗，不要提我的父母，我恨不得将你活活剁碎一块块吞下肚，绝不会有人从你的脑袋旁把狗赶走，即使普里阿摩斯（Priamus）吩咐用你的身体称量赎身的黄金，你的生身母亲也不可能把你放在停尸床哭泣，狗群和飞禽会把你全部吞噬干净。"① 而后阿喀琉斯更是将赫克托尔的尸体倒挂在飞驰的战车上，以凌辱他的躯体。相形之下，维吉尔安排的

---

① 荷马．荷马史诗·伊利亚特［M］．罗念生，王焕生，译．北京：人民文学出版社，2015：528。

决斗情节要文明许多，埃涅阿斯的愤怒也是一种合乎对战道义的正义之怒。

笔者认为，埃涅阿斯的英雄品质之所以会引起学界的争议，是因为相较于荷马史诗中对于英雄勇猛、野蛮的设定，维吉尔在前六卷中塑造了一个虔敬、仁慈的埃涅阿斯形象，在后六卷展开的大规模对战厮杀场景中却又努力展现埃涅阿斯勇猛的一面，这不免使得一些读者认为埃涅阿斯违背了维吉尔在前六卷中塑造的虔敬本性。结合文艺复兴时期学界对埃涅阿斯手刃图尔努斯情节在伦理层面的探讨，更不宜将之解读为诗人用失控的愤怒颠覆了全书推崇的道德品质，因为同样是愤怒，开篇时暴风雨所象征的天后朱诺（Juno）的非理性愤怒，到史诗结尾已经质变为主人公惩治罪有应得之人的正义之怒。因此，也就不存在维吉尔以埃涅阿斯的愤怒来推翻整部史诗推崇的英雄品质，甚至用自我颠覆的方式来书写史诗颂歌的可能。结合史实来看，维吉尔甚至没有作"谤诗"的动机——罗马内战结束后奥古斯都实施新政，致力于恢复古罗马的宗教信仰、伦理道德和传统文化，维吉尔是其志同道合的称颂者。在奢靡之风日行的罗马，奥古斯都生活俭朴，坚持苦修，一直住在帕拉提乌姆山上一所小而简陋的旧宅里；维吉尔亦终身未娶，奉行其克己的爱欲观念，诗人与奥古斯都奉行君臣之礼，保持着友人的亲密关系。维吉尔将四分之一的家产遗赠给奥古斯都，生前亦深受奥古斯都恩典。尽管史诗后几卷确有对奥古斯都进行批评与指摘的嫌疑，如剑桥学者 S. 法隆（S. Farron）认为，维吉尔在卷十中着意刻画埃涅阿斯在帕拉斯的葬礼上用战俘献祭，是在影射奥古斯都在罗马内战早期，特别是佩鲁西亚战役后的残暴杀戮。① 然而即便维吉尔真的出于复杂的历史因素在史诗中加入了适当批评，可若由此便断言他是在践行"隐微写作"，认为《埃

---

① FARRON S. Aeneas' Human Sacrifice [J]. Acta Clasica, 1985, 28: 26.

涅阿斯纪》是针对奥古斯都的"谤诗",那既不符合史实,又太过戏剧化,更像是现代人的过度揣度。

四、哈佛派解读的历史成因

哈佛派是高度政治化的解读,认为即便如罗马帝国一样崇高、强大,所取得的成就在惨痛牺牲的代价面前也黯然失色。[①] 对哈佛派的批评和反对声音一直都存在。美国学者卡尔·加林斯基(Karl Galinsky)就提出哈佛派的观点是一种对欧洲传统乐观解读的"矫枉过正的产物",是生硬构建出的、黑白分明的二元对立(转引自《维》:58-59)。早期哈佛派学者只是关注并补全史诗中被忽略的与主旋律不相协调的哀叹、失落与忧郁之声,没有断然走向否定史诗基本主旨的程度。佩里认为私下的哀叹之声才是诗人真正想要表达的东西;克劳森认为维吉尔视罗马历史为人类精神一场得不偿失的胜利[②];帕特南的步调则更加激进,将其演变为一种彻底的颠覆性解读,将主人公解读为危险和狰狞的人物,开启了哈佛派后续更加政治化的解读。但这无疑也违背了维吉尔古典诗歌的平衡与微妙措辞的诗歌风格。

另外,《埃涅阿斯纪》中无处不在的惋惜之情其实是诗人悲悯特质及诗歌文体风格的体现,维吉尔的伟大之处正在于他既唱诵宏伟壮阔、势不可当的历史进程,又哀悼那些无法在复杂文明中存活的单纯而鲜活的精神和原始纯净。而佩里将维吉尔的史诗解释为一部具有浓重悲情色彩的战后创伤文学,也与20世纪中叶二战之后及越战时期的反战和反帝思想的时代话语不无关系。布鲁克斯·欧提斯(Brooks Otis)于1976

① CLAUSEN W. An Interpretation of the Aeneid [J]. Harvard Studies in Classical Philology, 1964, 68: 139-147.

② CLAUSEN W. An Interpretation of the Aeneid [J]. Harvard Studies in Classical Philology, 1964, 68: 146.

年发表论文认为，帕特南眼中的埃涅阿斯"不是奥古斯都时代诗人的产物，而是越南战争和新左派的产物"①。德国学者恩斯特·施密特（Ernst A. Schmidt）认为，佩里的观点明显受到20世纪60年代对帝国主义思想的反思风潮的强烈影响，"越战是催化剂，使得美国传统上对强大国家和帝国主义的不信任进入对维吉尔史诗的理解中"②。德国学者汉斯·彼得·施塔尔（Hans-Peter Stahl）认为，20世纪60年代美国的政治风气、时代风潮指的是一种被越战点燃的、对帝国政权的新怀疑主义的兴起，它导致了国家和帝国主义思想的幻灭，随之而来的是对《埃涅阿斯纪》的政治解读（转引自《维》：57）。

　　如今的我们也需要用诗人所处时代的眼光和思维体系来审视和解读其作品。维吉尔说他讲述的是"战争和人的故事"（《埃》：39），而战争和人不是非此即彼、非黑即白的二元对立关系，不能简单地用惨痛牺牲和灾难来否定历史进程的意义。笔者尝试还原诗人真实的创作意图，结合维吉尔所处时代的古代宗教教义，以及维吉尔的文学之父荷马在史诗惯例中对诗歌情节、人物的预设等综合因素，并将视角拉回到文艺复兴时期，考察当时学界对于罗马英雄埃涅阿斯的伦理重估，同时兼顾催生哈佛派解读诞生的反战、反帝的时代思潮及理论土壤，综合推论认为，哈佛派过于政治化的解读，因自身的时代话语产生了过度阐释的结论，在补全"双声解读"的同时矫枉过正地加入了过多主观因素和时代语境，也打破了维吉尔古典诗歌的平衡，偏离了其微妙措辞的诗歌风格，因而产生了史诗是批判奥古斯都的"谤诗"的"误读"。

---

① OTIS B. Virgilian Narrative in the Light of Its Precursors and Successors ［J］. Studies in Philology, 1976, 73（1）：27.

② SCHMIDT E A. The Meaning of Vergil's Aeneid：American and German Approaches ［J］. Classical World, 2001, 94（2）：155.

第二章

衍续与嬗代：
《埃涅阿斯纪》中的母亲形象及母性话语①

　　维吉尔是传统诗学资源的完美综合者，他的传世之作，同时也是罗马史诗经典的《埃涅阿斯纪》是以荷马史诗为范本创作而成，并被呈现为《伊利亚特》的续篇。史诗讲述特洛伊之战失败后，埃涅阿斯一行人，在神意引领下，历经重重磨难，来到应许之地，建立罗马城邦高墙的建国史。《埃涅阿斯纪》是一部关注男性话语与父系传承的史诗，史诗父系解读是学界的一种传统，荷马史诗、罗马史诗无一例外地被界定为父系。维吉尔研究学者唐·福勒（Don Fowler）强调维吉尔史诗中坚定的父爱之声，在罗马和西方文化中是一种权威的体现，史诗中，作为父神的朱庇特和作为父亲的安契西斯（Anchises）是权力话语和智识资源的隐喻，父权及其关于权威言论的主张是建构整部史诗叙事起始，以及罗马起源和罗马命运的楔子；维吉尔研究学者菲利普·哈迪（Philip Hardie）在一篇论文中将安契西斯以罗马家长方式规训埃涅阿

---

　　① 作为古典文献的文本评论，本章分别参考《埃涅阿斯纪》拉丁语、英文及中文译文文献，其中的引文均出自以下文献：拉英对照书目：VIRGIL. The Aeneid ［M］. Middletown：Neptune publishing，2019. 中文译文书目：维吉尔. 埃涅阿斯纪 ［M］. 杨周翰，译. 上海：上海人民出版社，2016. 拉英对照书目的中文表述为本文作者翻译。

斯的行为，同荷马对古罗马诗人埃纽斯（Ennius）① 的文学引导相对照，将维吉尔对荷马史诗的效仿论证为其对于文学之父的一种虔敬行为。母亲形象和母性话语在史诗评论的传统中一度受到限制，近年来，史诗与父爱之间的元态亲密关系持续被批评，维吉尔研究学者埃里森·基斯（Alison Keith）和埃伦·奥里恩（Ellen Oliensis）关注到维吉尔史诗中把女性与回归性起源联系在一起，把男性与目标进程相关联。② 英国学者梅里德·麦考利（Mairead McAuley）用母性想象来梳理《埃涅阿斯纪》，重新定位了史诗中女性主义的批判话语。本文从宗谱中的母亲形象出发，解析史诗中被遮蔽的母亲形象，从"缺失的存在"和文本潜意识层面补全史诗解读的视角，进一步探讨史诗中一度被忽略的母性话语。

一、宗谱论述的母系链条

《埃涅阿斯纪》卷二以一组重要的意象开篇：埃涅阿斯背着年迈的父亲安契西斯逃离一片火海的特洛伊，手挽幼子阿斯卡纽斯，妻子克鲁萨（Crusa）保持一段距离跟在后面，开启他们的流亡之旅。从这个开篇描述的意象，我们可以了解：史诗的父系传承被视为介于父与子之间，没有多少母性介入的痕迹；"保持一段距离跟在后面"的克鲁萨被视为史诗中一系列边缘化的声音和模糊化的女性形象，同时也是母性形象的代表，在接下来的史诗叙事中，保持一段距离跟在后面的克鲁萨消失在黑暗中。

---

① 艾纽斯（Ennius，公元前239—前169年），古罗马诗人、剧作家，有"罗马文学之父"的美誉，代表作《编年纪》是诗人仿效荷马史诗的风格与手法写就，获得很高的赞誉，由此开创了罗马文学对希腊资源尤其是荷马史诗效仿的风气。

② OLIENSIS E. Freud's Rome：Psychoanalysis and Latin Poetry［M］. New York：Cambridge UP，2009：76.

Hic demum collectis omnibus una

Defuit, et comites natumque virumque fefellit.

等我们聚齐了，才发现少了一个人，

她的同伴、孩子和丈夫，谁都没有注意她走散了，我很挫败。①

　　不难看出，诗人在罗马建城故事的理想愿景中，传承是发生在父与子之间的，母亲的身份被边缘化、被超越，甚至被转化为抽象的母亲功能，父系的故事才得以延续和流传。《埃涅阿斯纪》沿用了《伊利亚特》中战争的起因——女神的愤怒，一方面，天后朱诺决定要让流亡的特洛伊人遭受命运的摆布，难以完成建国的使命，昭示了史诗的回归性起源，预示了埃涅阿斯一行人将遭遇神意下的磨难；另一方面，众神之父朱庇特向特洛伊的守护神维纳斯（Venus）揭示了埃涅阿斯终将建立罗马的城邦高墙的史诗结局。在维吉尔这部史诗中，母亲被描述为一种过去的物质体现，代表着过去以及对未来的阻碍，需要在史诗中被抛诸身后，因此，"保持一段距离跟在身后的克鲁萨"消失了，这是一种回归父权的处理方式②；诗人运用的另一种异曲同工的处理方式是：把遗忘的罪转嫁给女性，在卷二中，妻子克鲁萨挽留埃涅阿斯，不让他送死般地去迎战希腊人，嘱托他保护家人。在克鲁萨消失以后，埃涅阿斯的失责被顺理成章地转嫁给亡妻，原文用"fefellit"来形容失去妻子后，埃涅阿斯的精神状态，拉丁文"fefellit"意为挫败、失望、被蒙蔽、被诓骗。可以看出，失去妻子的埃涅阿斯在失望痛苦之余，有抱怨与责备之情，埋怨命运的不公，嗔恨妻子消失未能追随的行为。之后，

---

① VIRGIL. The Aeneid [M]. Middletown: Neptune publishing, 2019: 128.

② PERKELL C. On Creusa, Dido, and the Quality of Victory in Virgil's Aeneid [C] //FOLEY H P. Reflections of Women in Antiquity. New York: Routledge, 2019: 362.

妻子的亡魂回归，来劝慰沉浸痛苦不忍离去的丈夫："你将要流放到远方，在那里你将获得一个国家和一位公主作为妻子，伟大的地母库柏勒（Cybele）把我留在特洛伊的土地。"① 诗人通过众神之母的安排来为埃涅阿斯的遗忘免罪，将真实的特洛伊母亲——血肉之躯、会死亡的凡人克鲁萨转化为一种抽象的母亲功能，一种具有自我牺牲意味的宗教性母亲功能②。

在维吉尔这部作品中，这种回归父权的处理方式反复出现，以确保史诗叙事从过去走向罗马最终的建立，同时表现了诗人对文学之父荷马的虔敬。《埃涅阿斯纪》中关于特洛伊人埃涅阿斯的宗谱论述来源于《伊利亚特》卷二十的记述，战场上与埃涅阿斯交战的阿喀琉斯不无戏谑地问候对手，为何要为普里阿摩斯上战场，普里阿摩斯王有那么多儿子，一个外姓人能从战场上得到什么好处？埃涅阿斯便论述了自己的族谱，他和普里阿摩斯拥有共同的祖先达达努斯（Dardanus），普里阿摩斯和安契西斯分别由达达努斯曾孙辈的两个儿子所生。

然而，不同于荷马自始至终的父系宗谱论述，维吉尔关于罗马的父系传承的修辞中有一条关于母亲形象和"衍续"的母系链条，诗人明确地将血脉融合在母亲的最初形象中。维吉尔通过众神之父朱庇特之口昭示罗马建城的未来，埃涅阿斯的后代将统治拉丁姆（Latium），望族出身的女祭司伊丽雅（Ilia）同战神玛尔斯（Mars）结合，生下一对孪生兄弟。③ 伊丽雅是埃涅阿斯王族的直系后裔，是维纳斯的后代，同战

---

① 维吉尔.埃涅阿斯纪［M］.杨周翰，译.上海：上海人民出版社，2016：91.

② NUGENT G. The Women of the Aeneid：Vanishing Bodies，Lingering Voices［C］//PERKELL C G. Reading Vergil's Aeneid：An Interpretive Guide. Norman：Oklahoma UP，1999：252.

③ MACK S. The Birth of War：A Reading of Aeneid 7［C］//PERKELL C G. Reading Vergil's Aeneid：An Interpretive Guide. Norman：Oklahoma UP，1999：139.

神玛尔斯结合产下孪生兄弟——罗马奠基人罗穆路斯和雷穆斯。① 意味着通过她的身体，结合了两种神裔的血脉。在卷十二中，埃涅阿斯与拉丁姆族联姻，迎娶了拉提努斯的女儿拉维妮娅（Lavinia），作为罗马宗谱史中有记载的一位母亲，拉维妮娅是特洛伊族和拉丁姆两族联姻的姻亲关系之象征，"让拉维妮娅用她的名字给这座城市命名"②。特洛伊和拉丁姆的结合，拉维尼乌姆（Lavinium）城邦的建立，是通过拉维妮娅的名字而实现，并通过她生育后代来衍续的。

埃涅阿斯在向阿卡狄亚人的国王厄凡德尔（Evander）求援时，追溯特洛伊人与他们有共同祖先：特洛伊人的始祖达达努斯之母是厄列克特拉（Electra），阿特拉斯（Atlas）的女儿；阿卡狄亚人的始祖麦丘利（Mercury）的母亲是麦雅女神（Maia），同是阿特拉斯的女儿，厄列克特拉与麦雅，两位母亲作为族谱和部族创始人的形象被赫然地标注出来③，母亲的形象不再缺席或适时地消失。厄凡德尔回忆起他从希腊逃亡，定居罗马的经历，都取决于他的神圣母亲海仙卡尔门提斯（Carmentis）的建议，罗马的卡尔门提斯之门象征厄凡德尔的母亲作为部族创始人被后世缅怀纪念。④ 在卷七中，拉丁姆王后阿玛塔（Amata）劝告拉提努斯王不要把女儿嫁给埃涅阿斯，根据神意，拉维妮娅（Lavinia）将嫁于外邦人，图尔努斯家族的始祖是伊那库斯（Inachus）和阿克利休斯（Acrisius），那么，图尔努斯也是一个外邦人⑤，同样符合神谕"外邦人"驸马的要求。接着，诗人提及阿尔代阿城（Ardea）历史，该城由阿克利休斯之女达奈（Danae）兴建，澄清并证实阿玛塔王后的

---

① VIRGIL. The Aeneid［M］. Middletown：Neptune publishing，2019：32.

② 维吉尔. 埃涅阿斯纪［M］. 杨周翰，译. 上海：上海人民出版社，2016：393.

③ HANNAH B. Manufacturing Descent：Virgil's Genealogical Engineering［J］. Arethusa，2004，37：156.

④ VIRGIL. The Aeneid［M］. Middletown：Neptune Publishing，2019：418.

⑤ VIRGIL. The Aeneid［M］. Middletown：Neptune Publishing，2019：368.

宗谱论述可信无虞。不难看出，母亲形象在诗人的宗谱论述中具有不可替代的枢纽作用，而母系宗谱的论述也是维吉尔的文学之父在荷马史诗中未曾论及的领域。由此，罗马史诗之经典的《埃涅阿斯纪》在史诗父系传承的传统中开创性地融入了母亲的形象和母系宗谱的链条。

在卷三安契西斯对神谕的误读中，可以解析到母系宗谱和母亲形象在维吉尔诗歌中的地位和分量。阿波罗启示迷途的特洛伊人："坚忍不拔的特洛伊人，回到你们祖先出生的国土去吧，找你们从前的母亲吧！"① 安契西斯关注神谕中的母系血脉，将神谕"祖先出生的国土"理解为克里特岛，缘于特洛伊人的祖先条克尔（Teucer）和伟大的众神之母库柏勒出生在这里②，将"从前的母亲"理解为达达努斯的妻子巴黛雅（Bateia），后来被从战火中救出的特洛伊家神纠正为"西土"（Hesperia），"一个古老的国土，武力强盛，土地肥沃，我们的祖先达达努斯就出生于此"③，维吉尔借家神之口所阐明的解读神谕的密钥是父系宗谱达达努斯，而非母系宗谱巴黛雅。"从前的母亲"是西土的隐喻，此处的母亲形象和母系宗谱已不再是文学意义上的，而是转化为一种隐喻和抽象的母亲形象。④ 真实的母亲身体被抹去并被一个隐喻的大地母亲所取代，这与前文中讲述的克鲁萨身体的消失极为相似。从血脉与谱系的角度梳理史诗，可以将《埃涅阿斯纪》解读为一部宗谱维度上谱写的罗马建城史。诗歌成功地将朱利乌斯族（Julius）谱系归宗于神裔的血脉，而在这些谱系中，母亲更多的是传递父系遗传信息的媒介，或是以抽象的母亲功能和隐喻的母亲形象出现，她们虽不是神圣血脉的来源本身，却依然是诗歌中血脉传承和史诗叙事的重要推动者。

---

① 维吉尔. 埃涅阿斯纪［M］. 杨周翰，译. 上海：上海人民出版社，2016：100.

② QUINN K. Virgil's Aeneid：A Critical Description.［M］. Ann Arbor：Michigan University Press，1968：401.

③ 维吉尔. 埃涅阿斯纪［M］. 杨周翰，译. 上海：上海人民出版社，2016：103.

④ MCAULEY M. Reproducing Rome［M］. New York：Oxford University Press，2016：75.

二、被遮蔽的母亲形象

《埃涅阿斯纪》中母亲并不总是以生育象征或丰饶、多产的形象出现，她们更多是具有矛盾情绪的复杂人物，并破坏着男性英雄主义的史诗传统，无论是被煽动性的悲伤或疯狂攫取心智的阿玛塔王后、欧吕阿鲁斯之母及特洛伊妇女，抑或是被神意及男性与女性之间不同的社会习俗观念撕扯的狄多女王，她们的共同命运是在史诗叙事中消失，以便不去阻碍主人公建国伟业的完成。

在诗人笔下，阿玛塔王后的疯狂被描述为两种不同的类型：中蛇毒的疯狂和酒神附体的疯狂。在奥古斯都时期的文学传统中，酒神仪式已经成为女性，尤其是母性疯狂的文本隐喻①，维吉尔含糊其词地讲述阿玛塔疯癫行为的缘由：复仇女神阿来克托（Allecto）唤出她的蛇给阿玛塔王后放毒，王后劝告拉提努斯王未果，蛇毒发作，王后发了疯。劝告未果前，阿玛塔未有任何失态举止，"她的神魂还没有被毒焰完全控制，说话还很温和，像一位普通的母亲那样"。直到拉提努斯回绝她的劝说，"这时，蛇毒已深深渗入她的脏腑，布满周身，使她疯狂"②。诗人在此使用复仇女神阿来克托的蛇毒做隐喻，暗示王后激动发狂的表象下隐藏着深层的心理诱因——被忽视的母亲的痛苦。作为拉丁姆的王后，干预国家事务、行使母亲权力是习俗所允许的，拉提努斯王却对她的劝说充耳不闻③，阿玛塔王后对拉提努斯的请愿和劝说，表明古罗马人在安排女儿婚姻大事时的参与传统，而劝说被拒绝之后，阿玛塔的疯狂被描述为

---

① PANOUSSI V. Greek Tragedy in Vergil's Aeneid［M］. New York：Cambridge University Press，2009：132.

② 维吉尔. 埃涅阿斯纪［M］. 杨周翰，译. 上海：上海人民出版社，2016：235.

③ BETTINI M. Anthropology and Roman Culture［M］. Baltimore：Johns Hopkins University Press，1991：96-98.

失态的、有悖纲常的母性行为。除此之外，还有酒神巴库斯附体的疯狂，阿玛塔又被描绘成典型的母亲，并暗示她代表着所有的母亲。可以看出，诗人的母性疯狂观念存在内在的不一致，同样表象的两种母性疯狂行为被诗人差异化处理，阿玛塔中蛇毒的疯狂是一种危险因素，时刻威胁着新秩序有条不紊地运行；而基于罗马社会酒神崇拜传统的酒神疯狂被描述为通常的母性行为。反映诗人的矛盾心理及割裂的态度。古人认为放纵的激情是疯狂，在维吉尔诗歌中，相较于母亲，父亲处理激情的方式更为理性和克制。而埃涅阿斯是维吉尔基于罗马社会理想塑造的新人类——以虔敬而闻名的人（insignem pietate virum）①，诗人笔下的"虔敬"意为：与职责的奉献相结合的爱，以及理性和克制。《埃涅阿斯纪》是一部立国史，原因不在于史诗讲述埃涅阿斯筚路蓝缕初创罗马或奥古斯都新建罗马帝国，而在于维吉尔意图建立一个全新的更伟大的秩序（maior rerum ordo），在这种更高的善与秩序中，"虔敬"的埃涅阿斯是新人类的代表，被激情裹挟的一类人则成了反面，诗人借用了罗马人关于妇女们总是过度行为的成见，由此，疯言疯语的母亲形象便被塑造出来。

　　奥维德在《变形记》中描述阿玛塔斯（Amatas）和伊诺（Ino）的发疯，借用了维吉尔在处理母性本身的构成与未被驯服的疯狂之间的模糊关系。伊诺和阿玛塔斯被提西福涅（Tisiphone）的毒蛇攻击，奥维德进行了细节的人物心理描写；同维吉尔笔下的阿玛塔一样，奥维德对伊诺的发疯做了延时处理，"复仇女神把毒液倒在他们胸上，一直渗到丹田"②，伊诺的蛇毒并没有立即发作，直到她发疯的丈夫阿玛塔斯将他们的儿子狠狠地甩向硬石头，"做母亲的激动起来，也许是因为难过，也许是因为蛇毒发作，号啕大叫，失去了理性"③。更关注人物心理描

---

① VIRGIL. The Aeneid [M]. Middletown: Neptune Publishing, 2019: 6.
② 奥维德. 变形记 [M]. 杨周翰，译. 北京：人民文学出版社，1984：88.
③ 奥维德. 变形记 [M]. 杨周翰，译. 北京：人民文学出版社，1984：89.

写的奥维德，以维吉尔对母性疯狂的描述中隐含的矛盾心理为主题，将母性疯狂机制转化为一种文学手法，即运用隐喻、象征、寓言来渲染人类强烈冲突的心理活动①。同时，奥维德明确推断伊诺的发疯终究属于自然行为，而非母性疯狂的范畴时，进一步削弱了维吉尔的母性疯狂机制，消解了维吉尔关于母性自身的构成与未被驯服的疯狂之间存在天然联系的暗示，因此，我们几乎可以认为，这是一个典型的因果倒置的例证，诗人借用了罗马人成见中总是过度行为的母亲和女人们，并将其加工刻画为疯狂的、过度悲伤的被激情裹挟的一类人，她们是新时序所倡导的"虔敬"的反面，从而被视为一种阻碍和威胁的力量，偶尔被唤醒，迅速被压制。除此之外，维吉尔默认在母性自身的构成与未被驯服的疯狂之间存在天然的联系，是不足为据的，诗人通过隐晦的暗示来强化母性自身与疯狂的天然联系。这使我们进一步质疑维吉尔母性描写中不断回到父权秩序的含混不清和真正意图。

　　狄多的爱情悲剧是整部史诗文学性最强的部分，故事开始于狄多意识到自己对埃涅阿斯的迷恋"有一种死灰复燃、古井生波之感"②，同时意识到不应该违背对亡夫希凯斯（Sychaeus）的誓言，须知古人对誓言极为看重。③故事的推进有两个层面：神与凡人，狄多的妹妹安娜劝她再婚，打消了她的顾虑；朱诺和维纳斯密谋他们的结合，在维纳斯的

① MCAULEY M. Reproducing Rome［M］. New York：Oxford University Press，2016：80.
② 维吉尔. 埃涅阿斯纪［M］. 杨周翰，译. 上海：上海人民出版社，2016：126.
③ 在赫西俄德（Hesiod）的《神谱》中，誓言被人格化为神，她将对违背誓言之人进行惩罚，不和女神是誓言女神的母亲，复仇三女神则是她的侍女，如果世人存心发假誓欺骗别人，她们便会代为惩戒，纠缠不休。关于誓约与诅咒，可参照埃斯库罗斯，等. 古希腊悲剧喜剧全集：第3卷［M］. 张竹明，王焕生，译. 南京：译林出版社，2015. 埃斯库罗斯，等. 古希腊悲剧喜剧全集：第4卷［M］. 张竹明，王焕生，译. 南京：译林出版社，2015：491-492. 也可参照荷马. 荷马史诗·伊利亚特［M］. 罗念生，王焕生，译. 北京：人民出版社，2014：158-162. 阿伽门农（Agamemnon）向受伤的墨涅拉奥斯保证，宙斯会因为特洛伊人破坏誓约而惩罚他们。

精心策划下，小爱神丘比特用法术让狄多产生了爱的激情和对丈夫的遗忘。众神之父朱庇特却派遣墨丘利（Mercury）提醒埃涅阿斯建立罗马才是他真正的使命。狄多认为他们在二神密谋下于山洞里的结合就是结婚，而埃涅阿斯却认为他们并没有结婚或订立誓言。狄多曾对亡夫庄重立誓恪守妇德，在屈服于自己所爱时，她就违背了誓言和自己的良心，埃涅阿斯的离弃使她羞愤。作为一个难辞其咎的受害人物，狄多被神意、愤怒以及男性与女性之间不同的社会习俗观念的强大力量撕扯，最终走向疯狂，而非缘于诗人含糊其词的母性疯狂说辞。狄多真的认为她与埃涅阿斯的婚配是合情合理的，如同阿玛塔认为她真的拥有母亲权力，作为史诗中的悲剧女性，阿玛塔和狄多都是维吉尔诗歌母性疯狂论述模糊性与两重性的象征。

三、文本潜意识里的母亲形象

《埃涅阿斯纪》的字里行间都涉及"母亲"话题，在这部不断回归父权秩序的史诗叙事中，母亲形象和母性话题以一种独特的、被压制的形式进入叙事，我们称之为"缺失的存在"，被边缘化、被压制的母亲形象逾越了文本的藩篱，在表面的文字之下泛起层层涟漪，形成一种文本潜意识。消失的克鲁萨、被遮蔽的母亲形象通过其他女性角色产生回响与共鸣；甚至在文本的细枝末节时时回响，以一种文本潜意识的方式余音绕梁，不绝于耳。

在卷五中，天后朱诺派伊利斯（Iris）鼓动特洛伊妇女焚毁船只，特洛伊妇女的目的是结束无止境的海上流浪，而不是破坏现有的社会秩序。维吉尔笔下"被愤怒驱使""手持火把为武器"的特洛伊妇女的形象,使人回想起的不只是酒神,还有逃亡的俄瑞斯忒斯(Orestes)。①
在卷四中,狄多决定自尽前,精神恍惚,梦见阿伽门农王的儿子俄瑞斯
忒斯逃避手持火把和以黑蛇为武器的母亲②,复仇女神坐在门口等他。③

　　特洛伊妇女烧船这一场景,我们可以从中读到两个悲剧原型:一个
是逃亡的俄瑞斯忒斯,另一个是彭透斯。当船失火的消息传到特洛伊人
那里,阿斯卡纽斯飞奔过去,让母亲们清醒,他喊道:"你们烧的不是
什么希腊人的营帐,你们是把自己的希望烧毁。"④ 陈情中加入了宣言
和手势:"请看,我就是你们的阿斯卡纽斯。"⑤ 说着他把一只空盔,咚
的一声扔在脚下。这处加入手势的细节描写与前文互相矛盾,却也因此
显得格外突出。前文描述参赛的特洛伊少年的头上都按照历来习惯戴着
一顶剪得整齐的花环,而不是头盔。⑥ 头盔的引入只是为了将它摘下,
并扔在脚下,从而重现一个特定的悲剧前情:阿斯卡纽斯在维吉尔笔
下,重现了欧里庇得斯《酒神的伴侣》中彭透斯的形象。彭透斯从头
上把带子扯下来,好让他的母亲阿高厄(Agave)认出他来。维吉尔精
准地把握到阿斯卡纽斯与彭透斯此处绝望的自我身份求证上的相似
之处:

---

① OLIENSIS E. Freud's Rome:Psychoanalysis and Latin Poetry[M]. New York:Cambridge University Press,2009:70.

② 埃斯库罗斯悲剧三部曲《阿伽门农》《奠酒人》《报仇神》,阿伽门农王出征特洛伊之前,用自己的女儿祭海神来平息风暴,凯旋归乡后,他的妻子克吕泰墨斯特拉为女复仇,与情人埃癸斯托斯合谋杀死阿伽门农王。其儿逃亡多年后,返乡弑母及其情人,为父亲复仇,却背负弑亲罪名,被克吕泰墨斯特拉的报仇神追赶,四处逃亡,并遭受灵魂谴责,最终在法庭上被判无罪。

③ VIRGIL. The Aeneid[M]. Middletown:Neptune Publishing,2019:214.

④ 维吉尔. 埃涅阿斯纪[M]. 杨周翰,译. 上海:上海人民出版社,2016:176.

⑤ 维吉尔. 埃涅阿斯纪[M]. 杨周翰,译. 上海:上海人民出版社,2016:176.

⑥ VIRGIL. The Aeneid[M]. Middletown:Neptune Publishing,2019:288.

母亲呀，是我，是你的儿子彭透斯。①

ἐγώ τοι, μῆτερ, εἰμί, παῖς σέθεν

Πευθεύς②

en, egovester

Ascanius③

彭透斯对母亲的请求没有奏效，酒神癫狂下的阿高厄没有认出儿子，上演悲剧一幕。与此相对，阿斯卡纽斯毫发无损，面对阿斯卡纽斯的责难，特洛伊母亲们心中充满了愧疚，"她们的思想既起了转变，分清了谁是自己人"④。彭透斯的悲剧在阿斯卡纽斯责难前及时终止，没有重演，而维吉尔对于欧里庇得斯文本的互文运用却不止于此，在卷九中，欧吕阿鲁斯（Euryalus）的头颅被挑在长矛上，展示在他母亲的眼前。母亲与儿子头颅的戏剧性对峙再现了《酒神的伴侣》中的悲剧一幕。⑤ 欧吕阿鲁斯的母亲得知儿子死于战场的消息后，哀号着撕扯头发，像疯癫一样，哀号之声传遍营帐，战士们为之心酸和哀叹，阿斯卡纽斯泪如泉涌，同时命人把欧吕阿鲁斯的母亲带离现场，因为战士们的斗志为之消沉和麻痹。欧吕阿鲁斯的母亲被带离现场，由于她的悲伤根本没有得到解决，这种自我意识的边缘化是不起作用的⑥，也就预示了

---

① 欧里庇得斯. 欧里庇得斯悲剧五种［M］. 罗念生，译. 上海：上海人民出版社，2016：386.

② OLIENSIS E. Freud's Rome：Psychoanalysis and Latin Poetry［M］. New York：Cambridge University Press，2009：69.

③ VIRGIL. The Aeneid［M］. Middletown：Neptune Publishing，2019：272.

④ 维吉尔. 埃涅阿斯纪［M］. 杨周翰，译. 上海：上海人民出版社，2016：176.

⑤ OLIENSIS E. Freud's Rome：Psychoanalysis and Latin Poetry［M］. New York：Cambridge University Press，2009：70-72.

⑥ FOWLER D. Roman Constructions：Readings in Postmodern Latin［M］. New York：Oxford University Press，2000：108-109.

她的悲伤情绪会以一种文本潜意识的方式在平静的文本下泛起层层涟漪。

作为史诗中的悲剧女性,阿玛塔、狄多和欧吕阿鲁斯的母亲,无论是渴望、愤怒还是悲伤,都毁于不受控制的过度行为,从而威胁到史诗叙事中男性世界的政治秩序,需要适时地消失或得到压制。然而,《埃涅阿斯纪》似乎更倾向于把这一点推向另一个方向:暗示无意识的激情和非理性行为与母亲的思想有密不可分的天然联系。但他并不能自圆其说,在这个并不经得起推敲的母性疯狂机制下,我们开始质疑,维吉尔在母性论述中不断回到父权秩序的含混不清和真实用意。正如学者莎洛克(Alison Sharrock)所说,"很多关于母性的说法,都是精神和诗意矛盾的根源"①。在这部关于起源的史诗中,母亲的形象被一种挥之不去的持续不安所萦绕,无论是狄多的梦境,阿斯卡纽斯在特洛伊母亲面前自我身份求证的场景,还是欧吕阿鲁斯母亲与儿子头颅对峙的一幕,诗人运用互文的手法,借用古希腊悲剧《俄瑞斯忒斯》三部曲和《酒神的伴侣》前情,重现了令人不安的悲剧场景,然而,维吉尔无力对这种不安的弥散和破坏进行界定及有效控制。或许正是因为对母性的压制,才生出这许多不安。诗人以这种反复出现的对母性形象的压制,来回归父权秩序,讲述他坚定父爱之声的故事。须知这部御用文人的应诏之作,是对奥古斯都新政的歌功颂德,是将朱利乌斯族谱的血脉归宗于神裔,维吉尔也借此建立有益于罗马社会的伟大时序,这些目标进程的条条框框势必会压抑诗人灵性、创造力及回归诗意源头的感性流淌。故而在文本的细枝末节以互文形式呈现出种种不安。这不安在文本潜意识中弥散,我们可以了解:"万物皆可落泪"的感伤诗人维吉尔在潜意识

---

① SHARROCK A. Womanly Wailing? The Mother of Euryalus and Gendered Reading [J]. EuGeSta, 2011: 80.

里是需要母亲的，就像人类需要回归诗意的源头，同时，诗人又需要摆脱母亲，回归史诗父权秩序的正统叙事。所以他在文本潜意识中以种种不安的母亲形象表现出来，并进行了很多努力来调和这种矛盾。

　　分析史诗中被遮蔽和压制的母亲形象，探讨史诗中一度被忽视的母性话语，有助于我们发现史诗父系解读的局限性和不完整性，重构全新维度下的诗歌逻辑，以及在这种新的诗歌逻辑下，母性形象与主题、文本传统及诗人自身的关系。同时，作为传统诗学资源完美综合者的维吉尔，在《埃涅阿斯纪》中运用了大量繁杂、零散、概括的互文写作手法，不仅包括荷马史诗《奥德赛》《伊利亚特》，还有埃斯库罗斯的《俄瑞斯忒斯》（*Oresteia*）三部曲，索福克勒斯的《埃阿斯》（*Ajax*），欧里庇得斯的《酒神的伴侣》（*Bacchae*）、《希波吕托斯》（*Hippolytus*）等。维吉尔对大量零散的"母亲"文本的互文运用，是对古代文本、传统诗学资源的祭礼，在这个仪式中，诗人虔敬地来到母亲文本的密林深处接受母亲质朴而细微的规训与引导，来进行文学的追寻、发现与再创作。

第三章

维吉尔作品中的母性话语及生态意蕴

西塞罗（Marcus Cicero）在《论神性》中将诸神描述为自然界中有益于人的神圣秩序的拟人化显现，即神意的恩典。各神祇的职责范围被严格细分为自然物之神圣化、抽象功能之神圣化、美德和力量之神圣化以及人类施惠者之神圣化。① 当代学者马克思·韦伯（Max Weber）将工具理性占统治地位的世界称为"祛魅"的世界，大卫·雷·格里芬（David Ray Griffin）提出相对应的"返魅"概念，后者关注的是人与自然、人与世界的关系，希望实现"多元的、有机的、整体的、有灵性的、非决定论的"世界。② 自然"返魅"是一个西方话题，从希腊、希伯来文化开始，自然就被置于人的附属位置。亚里士多德后的希腊文明便持一种与自然、野蛮世界对立的文化心态；《圣经》讲述的则是，只有人是按照神的形象被创造的，人可以命名、统治其他物种。现代性的理性主义、科学精神和利益最大化原则将自然变成了人类掠夺、征服和汲取利益的对象。从古典时期的作品可以看出人对自然保持的崇拜与敬畏：希腊、罗马人将自然力视为诸神的力量，强大而神秘；现代科学将这些前现代理念定义为虚幻的想象，用人类理性可以理解的科学原则最

---

① 西塞罗. 论神性 [M]. 石敏敏, 译. 北京：商务印书馆, 2019：86-87.
② 孙万军. 论品钦后现代作品中的"复魅"主题 [J]. 当代外国文学, 2007（3）：68-73.

大限度地解释自然，并在一定程度上悬置了不可解释的部分，现代科学教育下的人们，已经意识不到人类理性之光可以洞悉到的自然是多么有限，而那被悬置的部分实际上是多么庞大。让我们返回古典时期的文学作品，以重读经典的方式，分析古罗马诗人维吉尔诗作《埃涅阿斯纪》及《农事诗》中母神形象的塑造及其对英雄的规训，进一步探讨母性话题对逻各斯中心主义的反驳，发现诗人作品中的理性之光与母性秩序、生态意蕴的交互之维。

维吉尔的文学之父荷马在《伊利亚特》中塑造的英雄阿喀琉斯的母亲忒提斯是文学史上母神的原型，维吉尔诗歌作品中诸神的形象沿用了希腊神话、荷马史诗中神人同形同性的特征，《埃涅阿斯纪》亦体现出对《伊利亚特》中母子时刻的持续模仿。例如，维纳斯代表儿子向众神之父吁请，是模仿忒提斯为英雄之子阿喀琉斯的利益向宙斯吁请；卷二维纳斯对埃涅阿斯面对面的显现，则模仿忒提斯对其人间之子的显现。无论是《埃涅阿斯纪》中埃涅阿斯的母神维纳斯，还是《农事诗》卷四养蜂人阿里斯泰的母神赛勒内，在维吉尔的诸神中都是特殊的存在，她们多次介入其英雄之子求知探索和建国使命之中，为建功立业的父系史诗注入了母性的因素。

一、母神维纳斯——缺席的存在

母性崇拜在史前时代普遍存在，西方父权制的让渡是通过逻各斯中心主义及"大地"与"种子"的隐喻开始的，西方文化从古典时期就以理性自负确立了逻各斯中心主义，这种人类中心主义与理性自负将人与自然的共生关系转化为自我与他者的对立关系，并由此形成了社会/文化/人性与自然/生理/动物性的二分。在父权制建构的早期，男性表现出的仅仅是一种"生殖嫉妒"，如希腊神话中宙斯两次"怀孕""生育"，吞下怀孕的墨提斯，从裂开的头颅中生出雅典娜，在大腿中孕育并生出狄俄尼索斯。① 而"种子"隐喻的产生有效地否定了女性的生育能力，将后代归为男性，建构以父子关系为中心的家族谱系，"种子"隐喻认为：如果女人是万物赖以生长的大地母亲，那么男人就是播种者，女人并没有创造生命，因为生命来自男人的种子。

古典时期的罗马医学领域出现了母体印痕理论（maternal impression），该理论认为母亲的子宫不仅仅是传承血脉、传递父系信息的媒介，母亲的头脑可以参与并模塑胚胎，母亲在胚胎形成过程中所扮演的角色，除生理因素外，还通过她的社会行为、想象、情感或渴望来实现②。母体印痕理论③有着广泛而有影响力的后古典主义发展，只是在18世纪受到科学精神的质疑，直到19世纪中叶仍徘徊于想象的领域。该理论出现在医学领域，却在文学想象领域得到发展，我们可以从古典文献中找到印证，以维吉尔《埃涅阿斯纪》卷四狄多的话语片段为例：

Saltem si qua mihi de te suscepta fuisset

Antefugam suboles, si quis mihi parvulus aula

Luderet Aeneas, qui te tamen ore referret,

nonequidem omnino capta ac deserta viderer。④

倘使在你走前我怀有小埃涅阿斯，

将来他在厅堂和我玩耍，

① 唐晶，李静. 生态女性主义文学研究 ［M］. 北京：中国社会科学出版社，2019：43–44.

② HANSON A E. Before Sexuality：The Construction of Erotic Experience in the Ancient Greek World ［M］. Princeton ：Princeton University Press，1990：309–310.

③ 该理论将女性个人的情感、想象和心理活动与生物学概念联系起来，也就是说，母性虽在生理因素的怀孕和分娩方面是一个可观察到的物质事实，但在个人情感、想象和心理活动方面却具有自主性，有关母亲想象力及心理活动影响胎儿的理论对遗传的奥秘、相似性的原因以及父系与母系对后代的影响程度产生影响。

④ VIRGIL. The Aeneid ［M］. Middletown：Neptune publishing，2019：204.

　　而我看到他的脸庞映出你的模样，

　　那么我也至少不会认为自己陷入圈套和完全被抛弃了。

　　狄多的话暗示了她可以通过对外部意象的构想，或通过内在想象，模塑出一个完美的埃涅阿斯的想象嬗代物，史诗中更早的想象嬗代物出自埃涅阿斯的母亲维纳斯，她用埃涅阿斯的兄弟丘比特替代他的孩子阿斯卡纽斯。在维纳斯的精心策划下，丘比特-阿斯卡纽斯（Cupid-Ascanius）用法术让狄多产生了爱的激情和对丈夫的遗忘。① 想象嬗代物在文学作品中的出现，是母体印痕理论在文学想象领域落足的标志，而后结合文学作品中母亲的情感、渴望、社会行为及母神的形象，发展成维吉尔笔下一系列赋有创造力的母神对其人间之子的干预活动。

　　维纳斯对人间之子的干预活动丰富而充满力量。其中最有代表性的当数她为了帮助遭受海难的特洛伊人寻求迦太基女王狄多的庇护，而与朱诺联手策划的狄多悲剧。爱神把自己乔装成三面神狄阿娜，引导她的儿子前往迦太基避难，寻求庇护。当她卸下伪装，转身离开时，震惊的埃涅阿斯指责她"残忍""玩弄虚假的形象"，而不是"交换真实的话语"。维吉尔用"laeta"② 来描述即将离去的女神，拉丁语"laeta"意为：对自己的把戏感到满意。

Dixit et avertens rosea cervice refulsit,

ambrosiaeque comae divinum vertice odorem.

Spiravere；pedes vestis defluxit ad imos,

---

① MCAULEY M. Reproducing Rome, Motherhood in Virgil, Ovid, Seneca, and Statius［M］. Oxford：Oxford University Press, 2016：59.

② VIRGIL. The Aeneid［M］. Middletown：Neptune Publishing, 2019：44.

et veraincessu patutit dea. ①

维纳斯说完转过身去，玫瑰色的颈项，光艳照人，

仙子般的头发从头上散发出天上的芳香；

她的衣结解开，衣裙垂下遮盖住脚面；

她的步履也表明她是真神下凡。

细读史诗的这一片段，我们可以得到关于狄阿娜—维纳斯—狄多三者的解析：维纳斯乔装成狄阿娜般的女猎手，"腰间佩弯弓、宁芙的发式、双膝裸露"②，伪装的女神在转身离去时才揭示自己的真实身份③；而埃涅阿斯初见狄多时，"就像狄阿娜女神率领着一班仙女在欧洛塔斯河边或昆土斯山脊上舞蹈"④。一方面，狄多带着维纳斯乔装的女猎手的影子，意味着这段恋情有恋母的成分；另一方面，维纳斯设计将埃涅阿斯与狄多推向爱与分离，使得这段肇始于神祇阴谋的恋情又具有弑子的意味。当埃涅阿斯终于认出他的母亲时，把她看作残忍的美狄亚，这点在维吉尔的《牧歌集》卷八中可以得到进一步的印证⑤。《牧歌集》卷八提到杀害稚子的美狄亚，用来指涉维纳斯的残忍，维纳斯当然没有犯下这样的罪行，但是当她对自己欺骗和伪装的小把戏感到满意，却并不担心儿子的痛苦时，这种残忍便彰显出来，是一种母亲与儿子情感上的疏离。

尽管埃涅阿斯寻求她的引导，祈求与母亲面对面会晤，以及交换真实的话语，但是母神却以疏离的姿态，玩弄欺骗与隐瞒的小把戏。维纳斯是对神意缄默的遮蔽者，即使适时地客串神意启示的揭示者，也是在

---

①　VIRGIL. The Aeneid［M］. Middletown：Neptune Publishing，2019：44.

②　维吉尔. 埃涅阿斯纪［M］. 杨周翰，译. 上海：上海人民出版社，2016：52.

③　HARDIE P. Virgil's Ptolemaic Relations［J］. Journal of Roman Studies，2006，96：25-41.

④　VIRGIL. The Aeneid［M］. Middletown：Neptune Publishing，2019：50.

⑤　VIRGIL. Eclogues and Georgics［M］. New York：Dover Publications，2005：24.

告诫埃涅阿斯放弃个人意志和英雄行为，如在卷二中，埃涅阿斯想要斩杀躲藏在神庙里的海伦时，维纳斯以庄重慈爱的母神形象出现，"在月色下显得光可鉴人，现出天神本色"①。庄重的母神向埃涅阿斯揭示真相：将富庶的特洛伊引向湮灭的，不是海伦罪恶的美貌，也不是应受责备的帕里斯，而是神意。同时为儿子揭示了叙事的因果基础和真正的权力关系，强调这些力量超出了埃涅阿斯的理解和控制。

在《埃涅阿斯纪》中，埃涅阿斯的个体命运与个人意志被神意、命运、无止境的磨难等强大力量裹挟与撕扯，而埃涅阿斯被剥离于对自己所参与的史诗叙事的知晓之外。相对于荷马史诗中英雄的仗义执剑、杀身成仁，维吉尔史诗《埃涅阿斯纪》所呈现的是英雄逐渐失去成为英雄的血气，而服从于更强大的力量——神意。埃涅阿斯的一切行动都是为了建立罗马，英雄的血气及个人的幸福（以身殉国成大义、杀死海伦泄私愤、停止无止境的海上流浪、狄多的插曲等）必须经过斗争而牺牲掉。埃涅阿斯是维吉尔基于罗马社会理想塑造的"以虔敬而闻名的人"（insignem pietate virum）②，诗人笔下的"虔敬"意为：对神意的服从，以及与职责的奉献相结合的爱。《埃涅阿斯纪》是一部立国史，原因不在于史诗讲述埃涅阿斯筚路蓝缕初创罗马或奥古斯都新建罗马帝国，而在于维吉尔意图建立一个全新的、更伟大的秩序（maior rerum ordo），在这种更高的善与秩序中，"虔敬"的埃涅阿斯是新人类的代表。因而，他不像荷马史诗中的英雄那样杀身成仁，相反，他必须泯灭个性，忍受无止境的磨难，应许之地的海岸总是在他们一行人登岸时向远处退去，"也许这些磨难，以后回想起来也是令人欣慰的"③。诗人将罗马崇高的建国伟业与埃涅阿斯忍受磨难的心灵并置，将埃涅阿斯

---

① 维吉尔. 埃涅阿斯纪［M］. 杨周翰，译. 上海：上海人民出版社，2016：85.
② VIRGIL. The Aeneid［M］. Middletown：Neptune Publishing，2019：6.
③ VIRGIL. The Aeneid［M］. Middletown：Neptune Publishing，2019：26.

塑造成一位为了建国伟业而泯灭人性、忍受磨难的民族英雄，同时突出表现人类忍受痛苦的能力，成就与荷马式英雄殊途的另一种史诗英雄，正是这部史诗悲壮与涤荡人心的部分。作为神意启示的揭示者，母神维纳斯被塑造为权力话语的代表，一位对儿子痛苦缺乏关注的、情感疏离的母亲，一位"缺席的母亲"，这符合维吉尔在这部史诗中塑造的一贯被遮蔽的母亲形象，以及通过对母亲形象的反复压制来回归父权秩序的叙事手法。母神维纳斯的疏离形象强化了维吉尔史诗中母爱性质的缺失，在维吉尔建构的父权秩序史诗叙事中。

二、塞勒内的规训

维吉尔研究学者梅里德·麦考利用母性想象来梳理《埃涅阿斯纪》，重新定位了史诗中女性主义的批判话语，在其《重塑罗马——古典文学中的母性》一书中，麦考利以全新的、现代性的视角挖掘并解读维吉尔早期诗作《农事诗》中塑造的与维纳斯构成鲜明对比的母爱性质在场，并亦步亦趋地引导其人间之子走出困境的母神形象——塞勒内（Cyreu）。[①]

让我们回顾《农事诗》卷四塞勒内对其人间之子规训的情节：养蜂人阿里斯泰遭遇蜂巢被毁的困境，求助于母神——海仙塞勒内，当儿子表达哀伤的抱怨时，母神淹没于她的宁芙姐妹之间，沉醉于克吕墨涅美妙的吟唱声中。起初没有回应儿子哀伤的怨诉，阿里斯泰再次哭诉哀肠才得到了关注。为了给他及时有效的帮助，塞勒内带他来到普罗透斯（Πρωτεύς/Proteus）的洞口，引导他向拥有古老智慧的海洋老人奠酒，启示他如何智擒变幻形态的普罗透斯，借助海洋老人的智慧来帮助自

---

① MCAULEY M. Reproducing Rome, Motherhood in Virgil, Ovid, Seneca, and Statius [M]. Oxford: Oxford University Press, 2016: 97-109.

己。儿子遵照母神的指示，智擒普罗透斯。被擒的普罗透斯向他二人讲述俄尔普斯（Orpheus）冥府寻妻的悲情故事，原来阿里斯泰的追逐致使俄尔普斯新婚之妻欧律狄克（euridice）被毒蛇毒死，夫妻阴阳两隔，他所遭遇的困境不是无妄之灾而是神罚，普罗透斯讲完便潜入海底不见了踪影。这时塞勒内告诫她的儿子"抛开烦恼，忘却悲伤"（nate, licet tristisanimodeponerecuras）①，并给他提供实用而详细的指导，教他如何用献祭的方式安抚神怒。蜂巢果然在第九个黎明来临之际奇迹般地恢复了生机。

　　塞勒内对阿里斯泰的规训与引导创造了一种文学史上全新的母子关系，改写了荷马笔下阿喀琉斯与忒提斯以死亡和哀婉为主体基调的母子关系。英国学者沃尔特·玛格（Walter Marg）把《伊利亚特》称作"死亡之诗"，因为史诗对死亡的关注随处可见，远超其他主题，譬如战争、荣誉等，阿喀琉斯的伟大，很大程度在于他对自己死亡的思考与接受，比其他英雄都更充分、更深切。②而忒提斯在面对儿子死亡时，表现出无能为力、沉浸悲伤的无助。维吉尔改写了这种母子关系，将荷马式哀婉的母子关系重塑为一种引向英雄之生的关系与基调。维吉尔赋予塞勒内"导师—母亲"的身份，这种独特的母性，有力地质疑了史诗传统中母性与英雄死亡之间的密切联系。

三、"互融"的母性秩序

　　不同于维吉尔的经典史诗《埃涅阿斯纪》中对母亲形象的反复遮蔽与压制，《农事诗》卷四赫然把母子关系和母性知识作为叙事中心。

---

① VIRGIL. The Georgics Bilingual Edition［M］. Translation by David Ferry. New York：FSG Press，2006：146.

② 加斯帕·格里芬. 荷马史诗中的生与死［M］. 刘淳，译. 北京：北京大学出版社，2015：94.

母亲不再是"缺失的存在",塞勒内的教谕是成功的,因为她是用母性关怀的方式,与儿子坦诚相见,交换真实的话语。这是埃涅阿斯可望而不可即的,也是维纳斯不愿意也不能够采取的对待人间之子的方式。就像维纳斯从来没有教埃涅阿斯充分理解自己在《埃涅阿斯纪》中真正的功用一样,《农事诗》卷四将母性描述为:一种爱的存在和赋予世界知识与行动的源泉。就是说运用诗意的话语,在神秘的隐喻和富有感情的诗歌中找到一条通往人类行动的道路。① 如果说维吉尔在《埃涅阿斯纪》中通过将埃涅阿斯塑造成新人类的方式来坚定其代表父爱之声的理性与秩序,非理性的母性被塑造成新人类的反面而受到压制,那么,在《农事诗》卷四中,被压制的母性话语便得到了充分的释放及更加正面的阐释,不再是"缺失的存在",而是富有感情的诗意语言、一种饱满的爱的存在,以及高度神秘的隐喻;将从自然秩序中抽离出来供奉于庙堂之上的理性送归自然秩序的完满之中,不搞分裂。更高的善与秩序存在于完整的自然秩序,而不在于其中的某一突出部分,这正是一种母性秩序。

生态女性主义认为,西方文化从古典时期就以理性自负确立了逻各斯中心主义,亚里士多德的"质料、潜能、现实"学说支持一个分级的有机世界观及一个有等级的宇宙,而"人是社会的动物"言论隐含了另一命题:男人是社会意义上的人,女人是生态意义上的人。显然,在逻各斯中心主义的传统中,这一命题将女性贬抑为低等性别,并被排斥在父权制社会文化的边缘。舍勒(Max Scheler)认为,西方现代文明中的一切偏颇,一切过错,一切邪恶,都是女人天性的严重流失、男人意志的恶性膨胀所造成的结果。② 父权制文化制造了自然与社会、生态

---

① WALLACE A. Placement, Gender, Pedagogy: Virgil's Fourth Georgic in Print [J]. Renaissance Quarterly, 2003 (56): 382.

② 马克思·舍勒. 爱的秩序 [M]. 孙周兴, 林克, 译. 北京: 北京师范大学出版社, 2017: 114-117.

与文化的二分，且这种二分性别化，将男性归于社会与文化的生产，界定为自我；将女性归于自然性的繁衍，界定为他者。这是一种性别政治。然而，女性的生命经验是可以打破二元等级制中的对立性的，胎儿在母体内成长的过程，本身就是一个自我与他者、主体与客体"边界模糊"、合为一体的过程，这种"互融"与人类的诗性思维相一致。①如同西苏所指出的那样："母性是对男性中心主义的一种挑战，怀孕和生育打破了自我与他人、主体与客体、内部与外部的对立。"② 维吉尔将母神塞勒内塑造为一位既拥有理性知识，用来指导世俗行动，又拥有与母性"互融"相一致的诗意语言的女性。结合笔者上一文论及的维吉尔在《埃涅阿斯纪》中，由于对母亲形象的刻意压制，而在文本细枝末节呈现出的种种不安，诗人既需要母亲，又需要摆脱母亲的矛盾，及诗人试图调和这种矛盾的无效努力，我们可以从中解读到：在这部御用文人应诏之作中，诗人完成了对其文学恩主奥古斯都新政的歌功颂德，将朱利乌斯族谱的血脉归宗神裔，并借此建立有益于罗马社会的伟大时序，诗人通过压制母性话语表达、塑造"理性、虔敬"新人类的方式建立一种理想的父系秩序，强化父权制文化。而这不安与矛盾正是维吉尔违背其对母性秩序和生态自然之崇拜的写照，我们可以在诗人更早期的诗作中找到答案：《农事诗》卷四塑造的母神塞勒内是拥有理性与诗意语言的融合体，她以母性融合的方式凝视世界与自然，而不是以二元对立/等级观念分裂主体与客体、男性与女性、人与自然。重点不在于维吉尔赋予了母亲塞勒内什么，而在于他没有将理性与诗意语言对立起来，将前者与男性相联系，而暗示母性自身的构成与未被驯服的疯狂之间存在天然联系，这无疑消解了偏见和性别政治，保留了前古典时

---

① 唐晶，李静. 生态女性主义文学研究 [M]. 北京：中国社会科学出版社，2019：37.
② FREEDMAN E. The Essential Feminist Reader [M]. New York：Random House Inc，2007：320.

期统一融合的智慧。维吉尔早期作品中保留的前古典时期融合未分化的智慧，"互融"的母性秩序，以及作品中"双性同体"的母神塞勒内的塑造，反映了诗歌的生态意蕴。

西方传统的宇宙观是构成论的，是一个"父式"宇宙观，相形之下，中国传统的宇宙观是生化本原，是一个"母式"宇宙观，如易学的太极、阴阳、五行，道家的"道"，理学的"理"等，都不是独立的实体，而是化生万物的源头，并且寓于万物之中，作为中国文化宇宙观基础的易学符号体系，即太极衍生出阴阳，阴阳和合而逐级生成四象、五行、八卦、万物："太极生两仪，两仪生四象，四象生八卦。"① 这里的太极没有性别隐喻，既非父也非母，但其孕育生化的特质更接近于母性。道家直接把作为本原的"道"比拟为母性的："谷神不死，是为玄牝；玄牝之门，是谓天地根。绵绵若存，用之不勤。"② 中国文化的生态化倾向与"母式"宇宙观一以贯之：宇宙是一个生气灌注的生态整体，自然、社会、国、家、个人都共生于这个整体当中。儒释道三家各有与宇宙生态整体相联结的观念，儒家将宇宙整体内化于个体之中，以育化具足万德的君子、圣贤人格："充实之谓美，充实而有光辉之谓大，大而化之之谓圣，圣而不可知之之谓神③"；禅宗主张"明心见性""心外无物"；道家则更多主张个体与宇宙生态整体的联结，"无身""无我""齐生死"，打破个体生命的局限，渐渐地同化进宇宙生命的整体，达到"天地与我并生而万物与我为一"的自由境界。相互生成与转化的特质决定了中国文化没有逻各斯中心主义的传统，没有自我与他者的二元对立，中国文化中的生态化倾向还包括珍视生命、崇尚自然，

---

① 吴怡. 人与经典·易经系辞传［M］. 石家庄：花山文艺出版社，2022：156.
② 老子. 道德经［M］. 张景，张松辉，译注. 北京：中华书局，2021：30.
③ 唐晶，李静. 生态女性主义文学研究［M］. 北京：中国社会科学出版社，2019：53.

所谓"生生之谓易"①，《易经·系辞传》记载乾坤、天地的"至德"便是"生"，"夫乾，其静也专，其动也直，是以大生焉；夫坤，其静也翕，其动也辟，是以广生焉。广大配天地，变通配四时，阴阳之义配日月，易简之善配至德"② 体现在儒家是"仁"的理念，道家是"贵生"的观念，这种"母式"的价值理念与崇尚"优胜"和劫掠征伐的希腊罗马"父式"价值理念完全相左。这种打破主客体界限的整体性、互构性、与自然的联结、对生的诊视，都是与母性孕育和哺乳生命内在相通的。可见，中国古代文化中亦包含着丰富的生态主义资源。现代性的客观、普适、单一原则是人类如今应对危机的组成部分，③ 全球性的危机最终源于一种根本性的、智识上的危机。重读经典，让我们寻求古代智慧中的生态意蕴去消解二元对立等级思维，建立一个阴性、和谐的一元中和思维体系，从根本上消解现代性的危机。

综上所述，本章以重读经典的方式，分析古罗马诗人维吉尔诗作中的母神形象，及其对英雄之子的塑造。两位母神分别以母爱性质的在场及缺失的方式，影响英雄的自我认知及身份发展。维吉尔运用前古典时期"互融"的母性秩序，将《农事诗》中的塞勒内塑造为一种爱的存在和赋予世界知识与行动的源泉，解答了其后期的政治史诗《埃涅阿斯纪》中因为对母亲的反复压制，而在文本潜意识中生出的种种不安与矛盾的深层原因。同时，"互融"的母性秩序有力地消解了同样也是从西方古典时期就以理性自负确立的逻各斯中心主义，以及在此基础上形成的二元对立等级制的紧张和冲突与人类智识上的现代性危机。

---

① 吴怡. 人与经典·易经系辞传［M］. 石家庄：花山文艺出版社，2022：86.
② 吴怡. 人与经典·易经系辞传［M］. 石家庄：花山文艺出版社，2022：96.
③ See, NHANENGE J. Ecofeminism: Towards Integrating the Concerns of Women, Poor People, and Nature into Development［M］. Lanham：America University Press，2011：64.

第四章

维吉尔古典风景叙事美学管窥

西方的田园书写由来已久，古希腊忒奥克里托斯的《田园诗》① 与古罗马维吉尔《牧歌集》可谓西方田园书写之滥觞，尤其后者是文艺复兴时期、新古典时期田园书写争相效仿的经典之作，流传并模塑了西方田园诗歌的传统。古典时期的田园诗开创了田园生活类理想化意象的描写，然而并未将其美化为"人间乐土""桃源仙境"。一方面，因其保留了田园生活与真实的乡村面貌及民生疾苦之间的张力，既歌颂田园生活的质朴，也摹写农事劳作的艰辛；既吟咏回归田园的乐趣，也披露土地征用、时政的流弊及农民遭受的苦难。另一方面，因为后世象征牧人乐土的"阿卡狄亚"初创伊始，其符号体系并不清晰完善，在维吉尔风景书写的美学叙事中具有更多的面向和层次来解读。相较于被后世误读的"人间乐土""桃源仙境"，维吉尔的田园诗更像一幅从同质化、空洞的时间中抽离出来的牧歌静物画，静谧安详。

---

① 古希腊诗人忒奥克里托斯是西方牧歌文学的创始人，有"牧歌之父"的美誉，其流传至今并深刻影响西方牧歌文学传统的《田园诗》（*Idyll*），展现了诗人故乡西西里岛的乡村美景，以及牧人、农民、村妇之间闲适的对歌与争论。缘起于古希腊罗马传统诗学资源，经过中世纪漫长的积淀，牧歌文学在文艺复兴时期达到鼎盛。

一、牧歌静物画

《牧歌集》是维吉尔仿效希腊田园诗创始人忒奥克里托斯的文风创作而成，共十首诗歌，以卷五为轴心对称排列，卷四和卷六同属颂词，卷三和卷七是吟唱比赛，卷二和卷八是爱情哀歌诗体，卷一和卷九是对当时土地征用、时政流弊的讨论。《牧歌集》卷二，柯瑞东（Gorydon）罗列出他将要献给心爱之人的礼物："开着细软小白花的楦梓子我可奉送，和彼时阿玛瑞里喜爱的栗子一同，还要加上蜡李、月桂，旁边点缀上长春花，这样放在一起让它们释放出混合的花果香。"① 这一维吉尔式小场景中，诗人用精简的语言勾勒出每一物体的本质特征，向读者呈现一幅安静、祥和的静物画，无声地向我们传达出永恒而质朴的美。李子的蜡质与光泽、楦梓子果肉厚实的肉垫、小颗粒硬壳的栗子，三种静物互相映衬、静默无声地相对。

维吉尔在另一小场景中，同样运用这种静物画式的诗歌手法，对笔下人物和场景进行了晶体化处理，赋予其一种独特而难以捉摸的氛围与光泽。在《牧歌集》卷八的爱情哀歌体中，诗人创作出男孩达蒙，达蒙构想出他的假想恋人，一个小女孩想从果园里采带露的苹果，诗人仿照忒奥克里托斯《田园诗》（*Idylls*）创作出相似的诗句："我初见你时，你同你的母亲在我园里采带露的苹果（我是你们的带路人），那时候我不到十二岁，刚刚能够从地上攀到那柔软的枝干；一看到你，我便陷入了苦难。"② 果园场景中的人、事、物都显得细致精微，整个场景被果园的风景微妙地包裹着，勾勒出一幅融合了纯真和失落童年的回忆画面。"iam. iam tum"③ 原文意为"刚刚，那时候"。传达出男孩儿略

① 维吉尔. 牧歌［M］.杨宪益，译. 上海：上海人民出版社，2015：23.
② 维吉尔. 牧歌［M］.杨宪益，译. 上海：上海人民出版社，2015：75-77.
③ 维吉尔. 牧歌［M］.杨宪益，译. 上海：上海人民出版社，2015：77.

显窘迫的羞涩感；男孩儿的年龄是十一岁，诗人用了一种迂回、力图精准的说法"比十二岁还差一点"（alter ab undecimo）[①]，随后用"柔软、易折"（fragilis）[②] 形容枝条，呈现出敏感、纤细的画面；诗人提到男孩儿的身高"刚刚能从地上攀到那柔软的枝条"，整个场景给人一种踮着脚的视觉感。

　　这种细腻的诗歌风格，开创于奥古斯都时期，在卡图卢斯的诗文中，卢克莱修的伊壁鸠鲁哲学创新上，都可以窥见。维吉尔的诗文虽然精致，却仍然保留着牧歌静物画与真实的乡村面貌及辛苦劳作之间的张力，在维吉尔描述的画卷中，柯瑞东在山毛榉树的阴凉里闲散，收割者在不远处的烈日下辛苦劳作。这种劳作的场景被设定在一定的距离之外。收割场的辛苦劳作穿插于神人共存的美妙场景，林中女神随百合仙子来到牧猪人中间，在幻想和朴实的乡村生活之间游荡。这便是维吉尔在诗行中建构的将神话与现实巧妙融合的象征风景（symbolic land-scape）。[③] 然而，到了文艺复兴时期的新田园诗中，农业劳作的艰苦和乡村社会中的黑暗现实遭到了摒弃，诗歌中的现实因素和生活张立被逐渐删除，只留下精心挑选的精致意象，如同一个与现实脱节的虚幻想象中的梦幻世界，这一做法逐渐成为一种传统模式流传下来，到了17、18世纪新古典主义，田园诗歌最终变成了一种脱离现实生活土壤、极

---

① 维吉尔. 牧歌［M］. 杨宪益，译. 上海：上海人民出版社，2015：76-77.
② 维吉尔. 牧歌［M］. 杨宪益，译. 上海：上海人民出版社，2015：77.
③ 利奥·马克斯. 花园里的机器：美国的技术与田园理想［M］. 马海良，雷月梅，译. 北京：北京大学出版社，2011：13.

其造作和抽象的文学形式，被称为"人造田园"①。

另外，在《牧歌集》的田园情景中不乏针砭时弊的政治寓意。在牧歌第一首开篇便有指涉，当时的罗马政府有一个土地流转政策，确切地说，是将许多小土地所有者的土地收归国有，并用以犒劳退役军人。维吉尔便是众多失去土地的流离失所者中的一员，化身为被放逐的不幸牧人梅利伯（Meliboeus）。"提屠鲁啊，你在榉树的亭盖下高卧，用那纤纤芦管试奏着山野的清歌；而我就要离开故乡和可爱的田园。"② 诗文中在榉树的亭盖下高卧，悠闲地吹着笛子的提屠鲁（Tityrus）体现了诗人的田园理想，此处诗人建构的象征风景显现为多组对立的意象：城市和乡村③（罗马与故乡），绿洲与荒野，梅利伯与提屠鲁，田园神话与历史。罗马代表一种城市、权力和政治中心的复杂文明及生活其间的压抑；乡村代表逃离这种复杂文明，归隐田园的天性。"榉树的亭盖"是提屠鲁远离荒野侵蚀的一小块绿洲，显然这里不是纯朴而原始的自

---

① "人造"田园诗，衍生出有关乡村理想的新的比喻，乡村因其静谧、纯真和富足而成了逃避以城市为代表的俗世喧嚣的隐退之地，由此分化出了乡村与城市的二元对立，这边是自然，那边是俗世，逃离腐败的城市后，理想的落脚点是某一处丰饶而富足的乡村田产，在那里过上衣食无忧、快乐恬淡的生活，英国学者威廉斯批驳了怀旧的田园主义传统，这种传统把过去的乡村英国理想化，称其为"黄金时代"，认为乡村作为一种自然的和道德的生活方式遭到了近代以来工业化和城市化进程的破坏而消失于历史的画卷，诗人列举了17世纪多位新田园主义诗人的作品来对此进行阐释，如赞颂乡绅地主的乡间宅邸的诗作，乡绅的生活以其乡村中宏伟宅邸为象征，被赞美和称颂，因为它代表了堕落腐化的宫廷与城市生活的对立面，乡村社会和阶级秩序还被视为一种更广泛的自然秩序的一部分，论证"黄金时代"并不存在，田园诗的发展过程本身就是对封建秩序的一种选择性的美化过程，并不存在一个没有剥削、没有苦难的过去时光，古典时期的田园诗已开创了理想的田园生活一系列意象与象征，同时保留真实乡村生活的痕迹，既歌颂田园生活的乐趣，又描摹农事的艰辛；既赞美乡村生活的淳朴，又谴责战争和阶级社会的黑暗现实给农民带来的深刻苦难。
② 维吉尔. 牧歌［M］. 杨宪益，译. 上海：上海人民出版社，2015：11.
③ 雷蒙·威廉斯. 乡村与城市［M］. 韩子满，刘戈，徐珊珊，译. 北京：商务印书馆，2016：22.

然，而是一个中间地带，这个中间地带有两条边界：一条隔开了原始自然荒野的侵袭，另一条隔开了城市、政治及权力合力建构的复杂文明。第三组对立的意象是诗文中的两位牧人梅利伯和提屠鲁，榉树下高卧，悠闲地吹着芦笛的提屠鲁是维吉尔田园理想的象征，失去土地流亡他乡的梅利伯则象征绿洲之外的陌生世界，即罗马这样的大城市。这陌生世界侵蚀并威胁着诗人所建构的宁芙与牧人共存、神话与现实巧妙融合的绿洲。不难看出，诗人将田园神话与历史侵袭（权力和复杂性的世界）相对立，形成了第四组对立的意象。对于这几组对立意象的解决之道，诗人也是通过象征风景完成的，提屠鲁请求梅利伯暂时搁置他背井离乡的旅途："可是你在我这儿歇一夜也无不可，用绿叶做床铺。"① 这种界定诗歌情感目标的做法与美国现代诗人弗罗斯特（Robert Lee Frost）不谋而合，弗罗斯特说："以愉悦开始，以智慧结束，来净化生活——未必是崇高的净化，而是暂时停留以应对混乱。"② 维吉尔在《牧歌集》卷一结尾用象征风景的手法来弥合理想愿景和现实恐慌之间的鸿沟，以短暂停留来应对混乱，以诗歌情感净化的方式来观照世事，提屠鲁在一幅薄暮的风景画中融合了两种情感："我还有熟透的苹果、松软的栗子和许多干酪可以吃，瞧，那远方村舍的炊烟已袅袅升起，山峦的绰影向远处垂落。"③ 梅利伯的背井离乡之旅第二天依然要继续，诗歌没有为流离失所的村民找到出路，他所获得的慰藉是暂时停留一夜，这种融合了宁静和忧伤的薄暮氛围却恰到好处地为景中人提供了一种和解，这种静默观照的诗歌格调是维吉尔诗歌特有的格调，以观照自然或风景的方式来消融对立，并以静默的方式表明，诗中事件是人间世事的常态，永恒而频仍。

---

① 维吉尔.牧歌［M］.杨宪益，译.上海：上海人民出版社，2015：17.
② 弗罗斯特.弗罗斯特作品集［M］.曹明伦，译.北京：人民文学出版社，2016：5.
③ 维吉尔.牧歌［M］.杨宪益，译.上海：上海人民出版社，2015：17.

二、阿卡狄亚符号体系

论及牧歌文学，离不开阿卡狄亚的文学意象，象征"世外桃源""牧人乐土"的阿卡狄亚分别出现在维吉尔的《牧歌集》《埃涅阿斯纪》及教喻诗《农事诗》中，上文提到的"绿洲""榉树的亭盖"是维吉尔笔下一片隔离开荒野侵袭与复杂文明的中间地带，林中女神来到牧人中间，一个幻想和朴实的乡村生活之间的想象地带，神话与现实巧妙融合的中间地带。那么，阿卡狄亚便是这神人共存的牧人乐土吗？是维吉尔首创了牧歌文学史上阿卡狄亚的神话吗？森林（Silvae）是学界公认的维吉尔牧歌世界的象征符号之一，西西里岛（Sicilia）也是维吉尔牧歌世界的指涉，然而，关于阿卡狄亚符号体系的建构始末，以及其在维吉尔古典文本风景叙事中的美学价值，我们尚需从《牧歌集》文本中按图索骥，探寻真相。

在《牧歌集》十卷中，前三卷及五、六、九卷中完全没有任何关于阿卡狄亚的迹象，直到卷四结尾处提到"潘神居住的阿卡狄亚"：

Panetiam, Arcadia mecum si iudice certet,

Panetiam Arcadia dicat se iudice victum.

甚至山神以阿卡狄亚为评判，和我竞赛，

就是山神潘以阿卡狄亚为评判，也要失败。①

此处，阿卡狄亚被提及，是因为依照传统希腊罗马神话，阿卡狄亚的迈那鲁山是山神潘居住与活动的区域，同"德尔菲（Delphi）的阿波罗""塞浦路斯（Cyprus）的阿芙洛狄特"一样，是从荷马史诗中习得

---

① 维吉尔. 牧歌［M］. 杨宪益，译. 上海：上海人民出版社，2015：43.

的一种固定用法，并没有什么特殊含义。卷四甚至不是直接意义上的田园牧歌，没有景色描写，亦无地理背景，而是奥古斯都文学赞助体制下，诗人穿插在《牧歌集》里的对文学恩主的颂词，通篇读下来，没有任何迹象表明阿卡狄亚能够代表维吉尔某一面向的精神景观或审美趣味。

卷七讲述两个牧人柯瑞东和塞尔西（Thyrsis）的歌唱比赛，另两个牧人达芙妮（Daphnis）和梅利伯做评判。歌唱比赛所在的地名，既说是希腊半岛南部的阿卡狄亚，又描写到意大利南部西西里岛的风物，牧人梅利伯在介绍两位参加歌唱比赛的牧人柯瑞东和塞尔西时说的"Arcades ambo"，意为"两个都是阿卡狄亚人"，两位牧人的名字也是希腊名，因此，读者很容易误认为卷七歌唱比赛的发生地点在希腊半岛南部的阿卡狄亚，然而，在第十二行提到了诗人家乡意大利北方的敏奇乌斯河（Mincius），"在这里敏奇乌斯河用柔软的芦草将绿岸围绕"（Mincius, eque sacra resonant examina quercu）①，敏奇乌斯河的出现将我们带离嵯峨多山的阿卡狄亚，来到平坦开阔的意大利北部，那么，卷七两位牧人歌唱比赛的地点是在阿卡狄亚的论断是不成立的；"Arcades ambo"是卷七唯一提及阿卡狄亚的诗句，与阿卡人擅长乡村音乐及当地的牧神崇拜密切相关，潘神崇拜始于此地，这是他的家乡和最重要的"道场"，潘神创作了牧笛和乡村音乐，由此推断，卷七两位牧民的歌唱比赛提及阿卡狄亚，缘于希腊神话中居住于阿卡狄亚山区的潘神创作了乡村音乐。另外，如果故事发生地果真是在希腊南部的阿卡狄亚山区，当地牧民梅利伯介绍他的牧友时，加上"两个都是阿卡狄亚人"这样的描述，不免显得冗赘、多余而奇怪，由此可以从侧面解读到：诗人已经明确地交代，此处不是阿卡狄亚。

———————————

① 维吉尔. 牧歌［M］. 杨宪益，译. 上海：上海人民出版社，2015：65.

　　直到《牧歌集》卷十，这首歌述说维吉尔的好友伽鲁斯（Gallus）的相思，有超过十行诗歌明显地套用忒奥克里托斯《田园诗》卷一中牧人西塞尔唱诵的达芙妮之死的场景。是维吉尔对牧歌之父忒奥克里托斯笔下牧人西塞尔歌声中魔法般显现的那个遥远、奇幻、非自然世界[①]的借鉴与回应。"Aonie Aganippe"（阿昂尼山的阿甘尼勃泉水）[②]，开篇便出现带长元音和希腊音韵的异国名字，"还有多松的迈那鲁山和寒冷的吕加乌石岩"，多次出现的阿卡狄亚地区山名"迈那鲁山"和"帕塞尼山"都表明卷十的地理背景确实设置在嵯峨多山的阿卡狄亚地区。然而，卷十中阿卡狄亚的风光并不同于维吉尔笔下惯常的田园牧歌风光，或者说相去甚远。《牧歌集》中田园牧歌风光的基本自然元素是：树木和灌木丛，长满苔藓的泉水，溪流旁的树荫和绿叶，山毛榉和榆树，桃金娘和柽柳，大片的耕地和种植的葡萄，成群牛羊，村镇相距不远，鸡犬之声相闻；而卷十中的阿卡狄亚风光却以寒冷、荒凉的面貌出现，在短短二十行风景叙事的描摹中，"frigora"（寒冷、严寒）[③] 出现了四次，"nives"（雨雪）[④] 出现了两次。解读拉丁文诗歌，音韵是不可忽视的解析维度，《牧歌集》卷十第 14 行 "sola sub rupe"（孤独的岩石下）[⑤] 和第 52 行诗歌 "in silvis inter spelaea ferarum"（在山林间野兽的巢穴里遁藏）[⑥]，诗人用一种冷调音韵，塑造出嵯峨多山、充满岩

① TREVELYAN R C. A Translation of the Idylls of Theocritus［M］. Cambridge：Cambridge University Press, 1947：5-7.
② 维吉尔. 牧歌［M］.杨宪益，译. 上海：上海人民出版社, 2015.
③ 维吉尔. 牧歌［M］.杨宪益，译. 上海：上海人民出版社, 2015.
④ 维吉尔. 牧歌［M］.杨宪益，译. 上海：上海人民出版社, 2015：94, 96.
⑤ 维吉尔. 牧歌［M］.杨宪益，译. 上海：上海人民出版社, 2015：90.
⑥ 维吉尔. 牧歌［M］.杨宪益，译. 上海：上海人民出版社, 2015：94.

石和回响的音韵空间①，正如诗人在第 58 行所述"我看见自己走过有回响的深林和悬崖绝壁"（iam mihi per rupes videor lucosque sonantis）②，由此可见，维吉尔在《牧歌集》卷十中塑造了一个朴素、深沉的神秘世界，这里寒冷迷人，奇异荒凉，充满岩石和回响。维吉尔所处时代的古阿卡狄亚位于伯罗奔尼撒半岛的中心地带，是一片被多座山脉与外界阻隔开的较封闭的内陆山区，夏季炎热干燥、冬季温和多雨，属于典型的地中海式气候，却以寒冷、荒凉的面貌出现在卷十中，这种地缘偏差缘于诗人非自然叙事美学的运用；除了《牧歌集》卷十，维吉尔在《埃涅阿斯纪》卷八中这样描述阿卡狄亚"Arcadiae gelidos"③，意为"冰雪覆盖的阿卡狄亚"，可以看到，维吉尔赋予阿卡狄亚与寒冷一种天然的联系。如上文所述，维吉尔的牧歌生活、田园风光通常都在气候温暖宜人的地区，那么《牧歌集》卷十及《埃涅阿斯纪》卷八中出现的冰雪覆盖、奇异荒凉的阿卡狄亚自然是非田园牧歌式的，而且是远离田园牧歌世界的，它不同于文艺复兴时期或西方传统牧歌里象征"世外桃源"的阿卡狄亚。由此可以推断，阿卡狄亚只出现在维吉尔《牧歌集》卷四、卷七、卷十及《埃涅阿斯纪》卷八的片段之中，是维吉尔借鉴"牧歌之父"忒奥克里托斯牧人之歌中塑造的奇幻遥远的想象之地创作而成，是一种文学想象世界的闪现，部分地代表诗人某一面向的精神景观，并未形成成熟稳定的符号系统，是文艺复兴时期阿卡狄亚的原型。

真正呈现出成熟稳定的阿卡狄亚符号体系是在文艺复兴时期，古典

---

① 关于《牧歌集》卷十的音韵解读，参考 JENKYNS R. Virgil's Experience, Nature and History, Times, Names, and Places [M]. New York：Oxford University Press, 2004：166-167.
② 维吉尔. 牧歌 [M]. 杨宪益，译. 上海：上海人民出版社，2015：94.
③ 维吉尔. 埃涅阿斯纪 [M]. 杨周翰，译. 上海：上海人民出版社，2016：260.

文化修养颇深的意大利宫廷诗人桑纳扎罗（Jacopo Sannazzaro）① 创作的田园小说《阿卡狄亚》（*Arcadia*） 里。小说讲述了主人公辛切罗（Sincero） 在古代牧歌诗人所盛赞的阿卡狄亚的一段经历。这部作品深受古典时期牧歌文学的影响，大量引用了的经典牧歌作品，如维吉尔《牧歌集》卷四、卷七、卷十及《埃涅阿斯纪》卷八片段，朗格斯（Longus）② 的《达芙妮与克洛伊》（*Daphnis and Chloe*），勾勒出一幅真正意义上的"世外桃源""牧人乐土"。文艺复兴时期的意大利诗人桑纳扎罗在维吉尔塑造的冰雪覆盖、魔幻般显现的奇异荒凉之地的原型上，改良、糅杂，最终创作出阿卡狄亚的主要基调，流传并模塑了西方田园牧歌的传统。

三、非自然的叙事美学

阅读维吉尔《牧歌集》多数篇章，很难弄清楚诗文中牧人放牧歌

---

① 桑纳扎罗（Jacopo Sannazzaro）（1456—1530），文艺复兴时期的意大利宫廷诗人、小说家，用拉丁语和意大利语写作，效仿维吉尔《牧歌集》主题，创作田园小说，又说其用小说体叙写田园故事是受古希腊晚期诗人朗格斯的影响，《阿卡迪亚》是桑纳扎罗的代表作，由 12 篇散文和 12 首牧歌组成，除了最后一部分，都是 1480 年至 1485 年间写成，全书于 1504 年出版。书中叙述主人公辛切洛为避开爱情的烦恼，离开那不勒斯，来到古代田园诗人所盛赞的乐土阿卡迪亚，结果并未解脱烦恼，反而更加怀恋所爱的少女。最后，在一位仙女引导下，顺着一条地道返回故乡，惊悉所爱的少女已死。全书在悲怆地向牧笛告别中结束。书中的人物故事多半是真人真事的映射，这部小说深受忒奥克里托斯和维吉尔的田园诗的影响，成功地描绘出一系列富有诗意的田园生活的画面，反映了作者对那不勒斯乡间的自然风景的热爱，以及渴望在理想的牧歌式生活中逃避现实的倾向。这部作品对于欧洲田园诗和田园小说的发展有深远的影响，16、17 世纪不仅在意大利，而且在西班牙、葡萄牙和英、法等国都有不少的模仿者。

② 朗格斯（Longus）古希腊晚期诗人，其代表作《达芙妮与克洛伊》（*Daphnis and Chloe*）是一部田园诗爱情小说，欧洲文艺复兴后期和启蒙运动时期，这部小说被看作田园小说的典范，其艺术成就得到歌德的高度评价。学者詹金斯则认为桑纳扎罗的创作结合了朗格斯和维吉尔，其阿卡狄亚的灵感源于维吉尔《牧歌集》卷十，《埃涅阿斯纪》卷八片段，其田园小说的想法则来源于朗格斯。

唱、诗人风景叙事的真实地理背景。如卷八 22 至 24 行，达蒙的歌声中描绘到迈那鲁山，"incipe Maenalios mecum, mea tibia, versus"（开始吧！我的笛子，和我作迈那鲁的歌)①，迈那鲁山是阿卡狄亚地区的山名；接下来的几行诗人又提及地名"欧达姆"，"新郎撒些果子吧，黄昏星为你已出了欧达姆山外"（sparge, marite, nuces: tibi deserit Hesperus Oetam)②，欧达姆山地处希腊中东部色萨利，与南部的阿卡狄亚相去甚远。接下来的第 59 行至 60 行有一处明显的地理标识"我将从山顶多风的悬崖投入波涛"③，海边多风的悬崖应当是希腊半岛某处海岸。同一首诗中出现三处不同的地理坐标，使人心生疑窦，不禁会问：这首诗果真是以色萨利为地理背景，还是发生在一个虚构的文学想象世界，仅在一瞬间是色萨利呢？如上文提及，在卷七中我们也遇到了同样的地理背景的悖驳，牧人梅利伯介绍他的两位参加歌唱比赛的牧民朋友——柯瑞东和西塞尔，两人都以希腊名称呼，并描述为"两个都是阿卡狄亚人"。假设歌唱比赛的场景发生在希腊半岛南部，诗人却在接下来的第 12 行进行了这样的风景描述："在这里，敏奇乌斯河用柔软的芦草将绿岸围绕。"④ 敏奇乌斯河是意大利北部维吉尔故乡小城曼图阿（Mantua）的母亲河，那么，卷七果真以意大利北部为地理背景，抑或是发生在一个文学想象的世界，忽而变作意大利北部某处的母亲河以柔软芦草牵绊的北国故乡景色，如梦境般闪现？

　　维吉尔在风景叙事中对地理名称的运用是非自然的，对地理坐标这样的具象元素看似漫不经心的处理是维吉尔诗歌美学的一部分。学者詹金斯将卷七中"我将从山顶多风的悬崖投入波涛"解释为取材于萨福

---

① 维吉尔. 牧歌 [M]. 杨宪益，译. 上海：上海人民出版社，2015：74.
② 维吉尔. 牧歌 [M]. 杨宪益，译. 上海：上海人民出版社，2015：74.
③ 维吉尔. 牧歌 [M]. 杨宪益，译. 上海：上海人民出版社，2015：76.
④ 维吉尔. 牧歌 [M]. 杨宪益，译. 上海：上海人民出版社，2015：65.

与法翁悲剧爱情故事的一种诗性修辞。① 作为传统诗学资源完美综合者的维吉尔，在《牧歌集》中多处引述古希腊诗歌典故，《牧歌集》本身就是一部饶有趣味而难以捉摸的诗作，其中不乏诗人对一些具象元素，如故事发生地、人物身份、人与神的过渡的模糊处理，构成了维吉尔诗歌美学的一部分。如果忽视了这一点，将连贯性、统一性与目的性强加于《牧歌集》，便会造成某种程度的曲解与误读，也会消解维吉尔诗歌美学的独特性。

维吉尔风景描写非自然美学叙事的运用还有一个功效，便是为其诗歌美学增添多样性。《埃涅阿斯纪》卷七特洛伊人历经漫长的海上漂泊在拉丁姆的第表河口安全登陆，朱诺命复仇女神挑起两族冲突，引发图尔努斯和特洛伊人的战争，诗人开列了拉丁姆各原始部族的清单，这清单之中，诗人赋予了图尔努斯族群及其邻人乡村主题、田园色彩的基调，"乡民们来自四面八方，有的家住高地，有的住在农村，有的家住清凉的阿纽河畔，有的住在赫尼克人聚居的地方，那里有溪流喷溅着岩石"②，图尔努斯族群及其邻人被呈现为一种鸡犬之声相闻的牧歌静物画般的田园生活。而相距不远，常年与拉丁族作战的邻族阿卡狄亚人，厄凡德尔族群的小小村落帕兰提乌姆（Pallanteum），却在诗人笔下呈现出一幅迥异的自然风景及面貌——"冰冷悬崖""灌木荆棘丛生""令人生畏的地方"，这当然不合常理，有悖于地理常识。卷八唯一一处提到阿卡狄亚是在第 159 行，"阿卡狄亚那寒冷地带"（Arcadiae ge-lidos）③，如同《牧歌集》卷十，诗人赋予阿卡狄亚与寒冷一种天然的联系，而维吉尔的田园牧歌通常都设置在气候温暖宜人的地带，由此得知，厄凡德尔和他的子民实际上是远离田园牧歌世界的，厄凡德尔族群

---

① JENKYNS R. Virgil's Experience［M］. New York：Oxford University Press，2004：161.

② 维吉尔. 埃涅阿斯纪［M］. 杨周翰，译. 上海：上海人民出版社，2016：245.

③ 维吉尔. 埃涅阿斯纪［M］. 杨周翰，译. 上海：上海人民出版社，2016：260.

在阿卡狄亚的故事是以英雄史诗为基调的，而非牧歌静物画般的田园生活。同处古代意大利的两个毗邻族群图尔努斯族群和厄凡德尔族群呈现出迥异的自然风景、面貌，基调也有很大差异，一个是牧歌静物画般的田园生活，另一个是英雄史诗基调，可以看出诗人风景叙事中微妙的多样性。

以《牧歌集》为代表的古典时期田园诗歌，维吉尔保留了田园生活与真实乡村面貌、艰苦劳作及政治寓意之间的张力，诗人并未将其美化为"牧人乐土"，而是运用独特的多组意象对立的象征风景手法，塑造了一个神话与现实巧妙融合的世界，勾勒出一幅宁芙与牧人共同生活期间的牧歌静物画；阿卡狄亚的文学意象确实由维吉尔发现，是其借鉴"牧歌之父"忒奥克里托斯牧人之歌中塑造的奇幻遥远的想象之地创作而成。然而，维吉尔发现的文学意义上的阿卡狄亚并非后世解读的"桃花源"，而是一个奇异荒凉、朴素深沉、遥远寒凉的神秘世界，部分地代表诗人某一面向的精神景观，是一种还不成熟稳定的符号体系、一种文学想象世界的闪现，具有独特的美学价值；诗作中风景叙事的反自然主义运用构成了维吉尔诗歌美学的独特性及多样性。重读经典，以去伪存真的态度训诂西方古典风景叙事，为经典风景叙事去蔽，以现代审美视角窥视古典作品的风景叙事，帮助我们还原作品在真实乡村面貌、历史话语与牧歌静物画之间的张力及朴素深沉、有趣而难以捉摸的生命力的美学价值；依循滥觞之流，我们可以更好地梳理西方田园牧歌传统文学史嬗变之轨迹。

第五章

维吉尔史诗中女战士的沉寂与重现

一、阿玛松女战士的复兴与改写

文艺复兴时期创作的以维吉尔史诗为原型的史诗，在爱情主题方面，都明显优于维吉尔。在古典史诗中，爱情属于从属话题，在《埃涅阿斯纪》前六卷中以插曲的形式表现，在后六卷的战争纪实中属于从属话题，并都以悲剧收场。爱情在古罗马是不被提倡的，被认为是一种具有破坏性的病态，除非能纳入现有秩序。在维吉尔史诗中，肉体之爱通常具有破坏以及令人分心的特质，迦太基女王狄多对埃涅阿斯的情感被描述为阻碍英雄建功立业的温柔乡、英雄追寻罗马必须舍弃的个人福祉。诗人对爱情的描述都相当纯洁，甚至到达冷淡的程度，如卷七中有着严厉、冷峻的性格，孤独而悲剧地以处子之身战死沙场的阿玛松女英雄卡密拉，她沉寂于漫长的中世纪，处于新旧时代交替的但丁在《地狱篇》向她致敬，将她与埃涅阿斯、赫克托尔等有德行的异教徒放置于林勃①，直到文艺复兴时期，将沉寂于漫长中世纪的古典作品人物解除

---

① 但丁. 神曲·地狱篇 [M]. 田德望，译. 北京：人民文学出版社，2015：22. "环绕深渊的第一圈"，即第一层地狱，叫作林勃，但丁将未受洗礼的婴儿的灵魂和生在基督教以前的、信奉异教的、因立德、立功、立言而名传后世的人的灵魂放置于这一层，他们并不受苦，只是由于不可能进入天国而哀叹。

封印，重新解读，作为学术界一项具体而微的成果实施后，卡密拉才在地方语言文学中成为一位极具辨识度且影响深远的人物，成为文学淑女的社会典范。意大利人文主义作家塔索认为，古代文学中的爱情题材相对而言并不发达，尤其是维吉尔的作品，《埃涅阿斯纪》卷四讲述埃涅阿斯与狄多的爱情插曲，亦显得十分克制与谨慎。若是放在文艺复兴时期，爱情的分量自然会加重，因为现代史诗（文艺复兴时期骑士文学）有更多的爱情故事，甚至成为史诗的主题。① 因此，卡密拉的形象很容易被改写，以一种与维吉尔相反的模式，坠入爱河或者步入婚姻。那么，从卡密拉到布拉达曼特（Bradamente）、布里弢马特之众，维吉尔以降的史诗诗人对于史诗中的特殊群体——女骑士的书写，历经了怎样的流变，又体现何种伦理观念的变迁？

在文艺复兴时期的史诗中均有一位以卡密拉为原型的女战士，以三种类型见长：悲剧卡密拉、喜剧卡密拉和骑士文学罗曼史②卡密拉。悲剧卡密拉：塔索《被解放的耶路撒冷》中骑士坦克雷迪（Tancredi）一见钟情的爱慕对象——回教徒女战士克劳琳达（Clorindia），坦克雷迪在一次对战中，解救了被围困的克劳琳达，而后又在一次圣城夜袭中，

---

① TASSO T. Discorsi del poema eroico［M］. 手抄本 . 1594.
② 文艺复兴时期，关于爱情和骑士精神的复杂故事在各阶层、各个公国间被广为阅读，即"骑士文学罗曼史"（Romanzo），起源于古典史诗（Epopea），史诗中最常见的是英雄史诗（Poema eroico），希腊文写作"hèròs"，源自"eros"，这个词源来自柏拉图的著述。但两者又有很大的区别，在斯宾塞写给友人的信中，他完全没有区分古典史诗诗人维吉尔和骑士文学罗曼史诗人阿里奥斯托，而是将两者共称为"历史诗人"（Epic poet），因两者都遵循同样的方法，将所有骑士的美德结合成为一个角色，斯宾塞同时代学者乔治·帕特汉（Gerge Puttenhan）将骑士文学罗曼史归类在历史史诗的条目下，并称其为"历史小调诗"，可见两者只有韵律上的差异，没有内容上的不同。塔索依照亚里士多德《诗艺》中的准则，不认可骑士文学罗曼史的概念及其划法，他将史诗区分为古典史诗和现代史诗两种，塔索认为，现代史诗与古典史诗的区分体现在四方面：一、现代史诗以基督教神系为其谱系；二、风格更甜蜜；三、有更多的种类；四、讲述更多的爱情故事。

误伤克劳琳达，导致其不幸死去。喜剧卡密拉：阿里奥斯托《疯狂的罗兰》中神勇的东方女骑士玛菲萨①，在作战中与同为非洲王阿格拉曼效力的骑士鲁杰罗（Ruggiero）产生恋情，已与鲁杰罗有婚约的基督教女骑士布拉达曼特（Bradamente）前来挑战，缠斗中阿特兰法师的幽灵讲述了鲁杰罗和玛菲萨的身世，二人本是孪生兄妹，父亲是西西里国王鲁杰罗二世，母亲是非洲王的女儿，两人均被母之兄弟无耻背叛并杀害，背负沉痛身世的玛菲萨与鲁杰罗兄妹相认，开启复仇之路，后又帮助兄长鲁杰罗与布拉达曼特完婚，而自己以小姑子的身份度过余生。骑士文学罗曼史的卡密拉则以埃德蒙·斯宾塞《仙后》中的布里弢马特、阿里奥斯托《疯狂的罗兰》中的布拉达曼特和塔索《被解放的耶路撒冷》中的艾米妮亚（Erminia）为代表，她们的共同点是告别传统女骑士孑然一身的宿命，开启寻找和营救理想伴侣的冒险之旅。其中以骑士文学罗曼史卡密拉最为常见，最具有文艺复兴时期史诗的独特性，并且在维吉尔史诗中衍生出的所有角色类型中也是最重要的。斯宾塞笔下的布里弢马特具有文艺复兴时期新女性的理智和审慎，以及四处寻找心爱骑士的主动性，只因在父王的魔镜里见到未来夫君的真容；《疯狂的罗兰》中的基督教女骑士布拉达曼特爱上异教骑士鲁杰罗，开启寻找心爱骑士的冒险旅程，最终令后者皈依基督教并创立显赫家族，成为史诗重要的叙事主线，构成埃斯特家族宗谱论述的一部分；塔索的《被解放的耶路撒冷》打破骑士传奇的窠臼，以真实的历史事件为背景，回教徒女战士艾米妮亚，深情而真挚地爱着骑士坦克雷迪，她明知爱情无望，得不到回应，却冒着生命危险，乔装打扮，潜入敌营，为负伤的心上人送去药草。

---

① 玛菲萨母亲遇害前将其生于大海彼岸，一位法师将玛菲萨养育至七岁，被阿拉伯人掠走，卖给波斯一位国王，做奴隶长大后弑君脱难，所以称其为"神勇的东方女骑士"。

维吉尔笔下的阿玛松女战士有两个标志性特征：以处子之身英勇牺牲；严厉甚至冷峻的性格。[①] 而这种悲剧与孤独的强烈融合，在文艺复兴时期史诗中是很少见的，塔索笔下的克劳琳达重复卡密拉的悲剧，却没有卡密拉在情感上的寡淡，她在死之前，清醒地意识到自己爱上了坦克雷迪；斯宾塞笔下的贝尔法艾白（Belphaebe），过着卡密拉冷峻、严厉的单身生活，却没有重演她的悲剧。

二、克己到和解的爱情观

如果说《埃涅阿斯纪》的爱情观是克己，那么，文艺复兴史诗便是一种和解，而这种从克己到和解的爱情观与维乔的续写以及更早期的匿名氏的改写紧密相关。如前所述，维乔的续写篇幅不长，在文艺复兴学界却影响深远，讲述图尔努斯的葬礼和埃涅阿斯与拉维妮娅（Laivine）的婚礼，以及埃涅阿斯的死后封神。文艺复兴时期意大利评论家巴迪斯（Badius）评论道："与维吉尔原著相比，维乔试图纠正维吉尔对苦难和快乐的理解，维乔认为，快乐可以被净化，而不必完全地清除。"[②] 巴迪斯列举了两处细节对比：在原著中，维吉尔对埃涅阿斯一行人筚路蓝缕的记述似有忆苦思甜的用意，几处用餐的描述都显得十分朴素，"饥饿驱散了，食欲餍足了"，与此形成鲜明对比的是迦太基人的奢华盛宴，"在大殿中央摆下丰盛的筵席，坐榻上铺着精致的褥罩，都是豪华的深红色，餐桌上陈列着白银餐具，金盘上镂刻着女王祖先的英雄事迹"。将两餐进行对比是一个学界传统，而维乔没有延续维吉尔对苦难的偏爱以及忆苦思甜的训诫，在埃涅阿斯与拉维妮娅的婚宴

---

① OKAMURA D S W. Virgil in the Renaissance［M］. Cambridge：Cambridge University Press，2010：230.

② ANTONIO L. Giunta da Firenze. Badius on supplementi［M］. Venice：Gabriel Giolito de'Ferrara e Fratelli，1544：487.

上，描述道："宾客尽情享用美食，直到餍足，婚宴的陈设也尽显富足，宾客被无数的仆人和拥挤的人群伺候着。"可见，维乔修正了维吉尔对苦难的偏爱，取而代之的是对快乐和富足的适度接受。另一处细节改写是拉提努斯王（Latinus）整晚注视、欣赏少年阿斯卡纽斯（Ascanius）精致的面庞和举止，并把他抱在膝上，取自原著卷一狄多对小爱神乔装的阿斯卡纽斯充满爱意的欣赏，"她的目光和全部心思都集中到他身上，她有时把他搂住，抚摩他……望着他，真是百看不厌，一面看一面心里火辣辣的"。巴迪斯评论道，一方面，拉提努斯王举止适度、优雅、得体，正是迦太基狄多所缺少的；另一方面，狄多的关注点局限在小男孩的外貌上，而老国王拉提努斯更多关注阿斯卡纽斯的言辞和神态等一系列心智的表征。①

　　这种克己到和解的转变不是维乔一个人的功劳，追溯到中世纪末新旧交替之际，会发现安茹王朝时期匿名氏根据维吉尔史诗用方言改写的《埃涅阿斯罗曼史》（Roman d' Eneas）为维乔的续写提供了重要资源和思想渊源，这部法语方言改编的罗曼史原名《埃涅阿斯与拉维妮娅罗曼史》（Roman d' Eneas e da Laivine），可见诗人在爱情主题方面的强化。爱情本身不算新的主题，罗马诗人就擅长以现实的、英雄主义的、讽刺的手法来表现爱情，如被称为"爱情导师"的拉丁诗人奥维德（Ovid），其诗作《爱的艺术》《情伤良方》《变形记》对西方文学罗曼史影响深远（后文略述）；中世纪从功绩歌②到骑士传奇文学的演变产

---

① See LUCA ANTONIO, Giunta da Firenze, Badius on Supplementi：501.
② 中世纪盛行的功绩歌（武功歌），主要歌颂战争及英雄的美德——荣誉感，勇敢，忠诚；中世纪著名的骑士史诗有匿名氏的《罗兰之歌》，亚瑟王传奇等。《罗兰之歌》讲述778年法兰西大帝查理曼抗击穆斯林之战结束后，在比利牛斯山的龙塞斯瓦列斯峡谷遭遇伏击，英雄骑士罗兰挺身而出，孤军奋战最终全军覆没的历史故事。

生了一种特殊的文学因素："骑士爱"①。其起源于法国南部普罗旺斯的抒情诗，11世纪左右，整个西欧社会趋于稳定，城市与手工业行会逐步兴起，经济开始全面复苏，从整体社会环境上讲，人们不再处于战争、饥饿、瘟疫和不幸的恐惧之中，而是在闲适的生产生活中产生了新的精神需求，原来讲述金戈铁马战争生活的武功歌已经不能再满足这种需求，此时的贵族骑士们掀起了描绘爱情故事的新文体，完成了从功绩歌到骑士传奇文学的转变。"骑士爱"的产生与发展的历史背景是中世纪西欧的封建长子继承制，封建主的次子们成年之后无权继承家产，甚至连生活都成问题，他们担任骑士，效力于贵族阶层，同时有着强烈的不安全感和卑贱感，他们对贵妇人的崇拜和后者对他们的青睐，帮助他们建立与上层贵族社会的认同感，骑士之爱是中小贵族和大贵族都追求的理想，在为贵族妇女奉献爱的服务时，西欧封建社会统治阶层的两个集团走到了一起。② 骑士爱是中世纪骑士传奇文学的核心，文艺复兴时期的现代史诗中普遍含有骑士爱观念。古典史诗向现代史诗的过渡是在古典史诗的方言改编中进行并完成的，以14世纪薄伽丘的《苔赛伊达》、匿名氏的《埃涅阿斯与拉维妮娅罗曼史》及15世纪维乔的续写《卷十三》为代表，它们均属维吉尔《埃涅阿斯纪》的方言改编作品。其中，以法语写作的匿名氏的《埃涅阿斯与拉维妮娅罗曼史》在当时的西欧被广泛地翻译、传播与接受，且在匿名氏的《埃涅阿斯与拉维妮娅罗曼史》以后，爱情取代死亡成为史诗叙事的主题，婚礼取代葬礼成为史诗的高潮。

---

① 骑士爱，又称典雅爱情，是指衰退中的骑士精神培养出的一种罗曼蒂克的爱情，对一位理想女性产生的爱慕，一种非尘世的、精神上的爱恋，这个高贵的理想女性具有净化崇拜者心灵，使其变得高贵的作用。

② 彭小瑜. 中古西欧骑士文学和教会法里的爱情婚姻观 [J]. 北大史学，1999：134.

三、匿名氏改写中的奥维德元素

这部用古代法语写就，遵循古代奥林匹斯神系和古代仪式的《埃涅阿斯罗曼史》（*Roman d'Eneas*），使用现代韵律，人物具有现代特征和品质；严格依照维吉尔原著的事件顺序的同时又有关键改动，如图尔努斯之死很快结束，不再是叙事的高潮，取而代之的是埃涅阿斯和拉维妮娅的求婚和成婚。原著中，埃涅阿斯的克己，使他放弃了对自我、幸福等的追求，很多读者为此感到惋惜，真心希望埃涅阿斯既能追寻到罗马，也能寻找到爱情和幸福。维吉尔对此并未给出答案，卷末，埃涅阿斯对他的孩子语重心长地说道："从我身上你要学到什么是勇敢，什么叫真正的吃苦，至于什么是运气，你只好去请教别人。"① 史诗结尾，埃涅阿斯与拉维妮娅成婚，从卷六安契西斯的预言中，我们得知，他们将有一个孩子。这正是匿名氏改写的《埃涅阿斯罗曼史》之所以重要的原因，这部史诗原名《埃涅阿斯与拉维妮娅罗曼史》，诗人在爱情主题方面的强化及对拉维妮娅形象的深化都可见一斑。在维吉尔的史诗中，狄多②的形象狂热而悲剧，被定义为一个难辞其咎的受害人物，狄

---

① 维吉尔. 埃涅阿斯纪［M］. 杨周翰，译. 上海：上海人民出版社，2016：401.

② 维吉尔创作的迦太基女王狄多改编自真实历史人物，北非利比亚女王爱丽莎（Elissae）是一位追随亡夫的贞洁烈女，丈夫亡故后，本族人逼迫她下嫁马克西塔人国主希尔巴斯（Hiarbas），她心系亡夫，为悼念亡夫之灵，堆起火堆，然后果断自杀，投入火中。赛维乌斯《训诂传》卷一，第340行对狄多加了一条注解：爱丽莎为其真名，但死后，迦太基人称她为狄多，迦太基语为"女杰"之意。"前维吉尔时代"的狄多女王，不是为爱情俘获、殉情的牺牲品，而是精明强干的政治领袖，是为了保护自己名节而不惜自尽的烈女。维吉尔将精明、果敢、有领袖气概的女王改编成被诸神愚弄、被情人抛弃、痴情的殉情女子。狄多的传奇原本与埃涅阿斯的传说不在一个时代，也没有丝毫瓜葛，维吉尔可能从前代拉丁诗人那里得到灵感，将狄多描写成罗马建国过程中一个温柔陷阱。基督教兴起之后，很多出身北非的拉丁教父纷纷为狄多鸣不平，再次强调狄多身上忠贞的特质。高峰枫. 维吉尔史诗中的历史与政治［M］. 北京：北京大学出版社，2021：275.

多的爱情悲剧亦是全诗文学性最强的部分,古今读者纷纷为之落泪,奥维德的《女杰书简》卷七以之为原型,文艺复兴时期人文主义诗人彼得拉克《阿非利加》、薄伽丘早期作品、皮尔·龙沙(Pierr de Ronsard)的史诗《法兰西亚德》①(Franciade),以及斯宾塞《仙后》中均有改编自狄多的女性形象,时至今日,学界仍有"狄多中心主义"的倾向存在。反观拉维妮娅,单薄而苍白,图尔努斯和埃涅阿斯一度为之厮杀,她被展现为男性功绩世界的战利品,一个没有实质、轻描淡写的次要人物。12世纪著名的古典学者萨利斯博瑞的约翰(John of Salisbury)在著作中提出观点:"应当让拉维妮娅取代迦太基的狄多。"② 然而,创作于14世纪的匿名氏的《埃涅阿斯与拉维妮娅罗曼史》在保留狄多爱情悲剧的基础上,进一步充实了拉维妮娅的形象,并以埃涅阿斯与拉维妮娅喜结连理的婚礼场景取代了古典史诗以死亡或葬礼仪式结尾的史诗叙事模式。同时,维吉尔遗漏的关于拉维妮娅话题,匿名氏在《埃涅阿斯与拉维妮娅罗曼史》中一一补齐、面面俱到:拉维妮娅初见埃涅阿斯时的惊喜、惊叹;拉维妮娅在爱情的进展上,又是如何迈出第一步;爱情的理论以及情人间的行为;拉维妮娅母亲的爱情箴言;埃涅阿斯上战场时,拉维妮娅如何担惊受怕;图尔努斯死后,埃涅阿斯为没有立即

---

① 史诗传颂的是特洛伊英雄赫克托尔之子弗朗古斯(Francus)的故事,英雄弗朗古斯航行到克里特,在那里见到两位妙龄公主克吕墨涅(Clymene)和海恩特(Hyante),两位公主同时爱上弗朗古斯,然而英雄不会与其中任何一个结婚,因为英雄的应许之地在高卢,卷三克吕墨涅自杀溺水身亡,卷四幸存的妹妹海恩特用法术将弗朗古斯带到冥府,向他展示未来的法国国王查理曼大帝,即他的后裔。从两位公主身上都能看到狄多的原型,塔索认为,诗人在两姐妹之间划分狄多的品质,克吕墨涅继承了狄多冲动、刚烈的性格,最终自杀身亡;海恩特则继承狄多的魔法知识,成为一位会巫术的女先知,分别体现了冲动之爱与理性的先知之爱。CAVALLO J A. Tasso's Armida and the Victory of Romance [M]. Durham:Duke University Press,1999:84.

② OKAMURA D S W. Virgil in the Renaissance [M]. Cambridge:Cambridge University Press,2010:108-112.

回到她身边而道歉等。① 匿名氏史诗最后一次修订是在 14 世纪末完成的，同时期的薄伽丘被塔索誉为"现代史诗的创建者，用意大利语书写爱与武器的第一人"②，因其在改编自《埃涅阿斯纪》的史诗《苔赛伊达》中歌颂纯洁的爱情、高尚的友谊，在古典题材中注入了现代的情感，并以有情人终成眷属的结尾取代了古典史诗死亡或葬礼仪式的惯常结尾。从时间轴上来说，或许薄伽丘的《苔赛伊达》为匿名氏的《埃涅阿斯与拉维妮娅罗曼史》提供了或多或少的灵感和思路，但是，论及西欧对于古典文化复兴的话语背景，早在中世纪后期，维吉尔《埃涅阿斯纪》的方言改编便开始流行，以 14 世纪薄伽丘的《苔赛伊达》、匿名氏的《埃涅阿斯与拉维妮娅罗曼史》及 15 世纪维乔的续写《卷十三》为代表。彼时，对希腊、罗马经典作品的本土化译介与抄写在意大利蔚然成风，以结婚为史诗高潮的风气盖过了以死亡为高潮的古典作品。其中，以法语写作的匿名氏的《埃涅阿斯与拉维妮娅罗曼史》在当时的西欧翻译、传播与接受最为广泛，至 14 世纪末，已有五六种钞本留存；时至今日，留存的法语手抄本多达九种，其中三个版本来自意大利，两个版本来自英国。

学者埃里克（Erich Auerbach）在其著作中论述："匿名氏加入的这些方方面面的爱情因素来自奥维德，尤其是关于两人坠入爱河以及爱情教导方面的知识。"③ 并呼吁我们正确理解奥维德对西方文学罗曼史发展的真正贡献。8 世纪，法国北部奥尔良主教特奥多夫（Theodulf of Orleans）将奥维德爱情诗钞本从西班牙带至法国，在加洛林王朝鼓励抄

---

① COOPER H. English Romance in Time［M］. Oxford：Oxford University Press，2008：231-232.

② TASSO T. Discorsi del poema eroico［M］. 手抄本 . 1594.

③ OKAMURA D S W. Virgil in the Renaissance［M］. Cambridge：Cambridge University Press，2010：236.

写、支持文教等政策影响下，奥维德诗作开始以法国北部为中心在中世纪西欧进行传播，12 世纪西欧迎来了奥维德文化的复兴高潮，紧随"维吉尔时代"①，12 世纪被让·路德维希·特劳伯（Ludwig Trauber）等古典学者称为"奥维德世纪"（aetas Ovidiana）②，《变形记》被誉为"诗人的圣经""古代的黄金传奇故事"，《爱的艺术》《情伤良方》均被广泛地阅读与抄写，甚至在严格的克吕尼修道院也是如此。它们还被当时法国著名的僧侣诗人歌利亚德（Guillaume）③引用和模仿，奥维德对于方言诗人，特别是法国南部、意大利北部和德国吟游诗人影响深远，对他们而言，这位古典时期的"爱情导师"是有关爱情主题的最高权威。奥维德笔下皮剌摩斯（Pyramus）和提斯柏（Thisbe）感动于天神的爱情故事，也在普罗旺斯诗人中间广泛传唱，邦孔帕涅（Boncompagno）的《罗塔·维纳里斯》从《爱的艺术》中获取灵感，法国特鲁瓦的克雷蒂安（Chrétien de Troyes）的《爱的艺术》译本使其在方言文学中广为流传，克雷蒂安还翻译了《情伤良方》。④ 由此可见，12 世纪奥维德诗作在以法国北部为中心的整个西欧社会中得到了广泛的传播与接受，尤其对方言诗人影响深远，创作于 14 世纪法国北部的方言改编文学，匿名氏的《埃涅阿斯罗曼史》，其中的爱情主题与元素自然离不开当时奥维德古典文化复兴的土壤与环境。匿名氏在奥维德影响下，

---

① COMPARETTI D. Vergil in the Middle Ages [M]. London：Macmilla Publishers Limited，1895：74.
② 张子翔. 中世纪盛期西欧经院著作中的奥维德爱情诗元素 [J]. 学术研究，2023（6）：135-143，178.
③ 歌利亚德，中世纪法国最有名的诗人之一，生于 12 世纪初的北部城镇比韦尔（Beauvais），身为僧侣的他将毕生投入诗歌创作，深受奥维德影响，其中有一首韵诗叫作《歌利亚德变形记》，擅长书写爱情主题诗歌，他的爱情诗歌浪漫而感性，具有深刻的人文主义精神。
④ 查尔斯·霍默·哈斯金斯. 12 世纪文艺复兴 [M]. 夏继果，译. 上海：上海人民出版社，2022：90-91.

将维吉尔史诗成功改写成一个传统的爱情故事，为维乔的续写提供了重要诗学资源和思想渊源，整合了古罗马史诗在英雄功绩、美德与爱情描写上的分野，为中世纪浪漫主义形成及文艺复兴时期罗曼史的爱情主题勃发提供了重要素材。

如上文所述，以维吉尔《埃涅阿斯纪》中悲剧女骑士卡密拉为原型，衍生出来的骑士文学罗曼史卡密拉，最具有文艺复兴时期史诗的独特性，如阿里奥斯托《疯狂的罗兰》中的布拉达曼特、斯宾塞《仙后》中的布里弥马特和塔索《被解放的耶路撒冷》中的艾米妮亚，脱胎于古典史诗，在维吉尔笔下性格冷峻、孤独的悲剧女骑士卡密拉，现在却以寻找和营救理想伴侣为己任，开启冒险旅程的女骑士们是文艺复兴时期的一种人文主义的大胆创新。她们不再是维吉尔笔下单薄而苍白的理想人妻，或是冷峻而孤独的悲剧女骑士，抑或是被爱情烈焰灼伤的狄多女王。维乔的续篇完成了对维吉尔伦理观念适度的修正，从克己到和解的爱情观的转变，如同维乔在维吉尔笔下苍白而单薄的理想人妻的古老形象中加入了爱情主题，人文主义学者阿里奥斯托同样将维吉尔史诗的传统元素——被封印的女骑士与新的史诗主题——爱情进行了一种有机结合，塑造出布拉达曼特、布里弥马特、艾米妮亚等文艺复兴时期史诗独特性与创新性并存的罗曼史女骑士。

第六章

冥府意象的变迁与灵魂观
——以《埃涅阿斯纪》为中心的考察

维吉尔《埃涅阿斯纪》卷六塑造的冥府，长期以来，引起学界的争议与讨论。有学者认为冥府之旅显得与史诗其他部分不合，远在埃涅阿斯基本故事情节以外；叙述中存在矛盾，评判体系也不一致；卷六被"库迈的神庙之门"和"睡梦之门"标示为一个独立的单元而显得脱节。学者诺伍德认为，维吉尔是出于美学效果的考虑，有意制造了前后不一致的矛盾，而勾勒出三种地狱①；泽特泽尔将卷六的独立与脱节阐释为关于《埃涅阿斯纪》整体意涵的著者旁白和间接注释，并研究卷六中的当代相关性、历史理解与道德评价三者的关联，卷六冥府章的目的旨在处理奥古斯都时期的正义与道德问题②；国内学者王承教探讨"睡梦之门"的现代阐释，认为维吉尔是传统诗学资源的完美综合者，冥府之旅并不被塑造成真实事件，而是通过睡梦之门这个独特的诗学手段否认了冥府之旅的实存性。关于《埃涅阿斯纪》的冥府意象，国内学界目前很少关注其流变，而纵观西方文学史中的冥府意象，维吉尔以荷马为师，改编《奥德赛》希腊资源的阴间描写，本章着眼于梳理冥

---

① 约翰·沃登.《埃涅阿斯纪》卷六中的结构与欲望［M］// 王承教.《埃涅阿斯纪》章义.北京：华夏出版社，2009：136.

② 约翰·沃登.《埃涅阿斯纪》卷六中的结构与欲望［M］// 王承教.《埃涅阿斯纪》章义.北京：华夏出版社，2009：153-154.

府意象的演变，维吉尔师承荷马，对于希腊资源进行改编，并赋予其罗马法的德行，从而用普遍化的道德准则来教化奥古斯都时期的罗马公民。同时，埃涅阿斯的冥府之行又是但丁地狱之旅的原型，《地狱篇》对冥府意象的几处改写体现了人文主义诗人对于个人意志与个体抉择的强调。

死后世界的出现最早可以追溯到古埃及与古巴比伦或其他早期民族的神话传说，但都不能构成真正意义上的冥府，人类史上冥府概念的上限应当被界定在古希腊神话时代，直到亚里士多德时代的人们还在那里讨论有没有灵魂，或灵魂是一种什么样的构造。古希腊人在很早的时期便引入冥府观念，在那里有两个著名的人物在受罚，一个是坦塔罗斯（Tantalus），他被困在冥府没腰深的水里，被罚吃不到眼前的果子也喝不到胸前的水；另一个是西绪弗斯（Sisyphus），他被罚推石上山，永远没有完结。

古希腊人从哲学的高度解答了这样一个问题，即人类为什么需要地狱的概念。坦塔罗斯和西绪弗斯都是罪恶的，他们都陶醉于自己优越并且毫无制约的智力：坦塔罗斯杀死自己的儿子做成菜肴来宴请诸神，以试探诸神是否真的全能全知；西绪弗斯则是"所有人类中最奸诈的人"①。

血肉之躯的凡人下到冥府是一个史诗主题，除了赫拉克勒斯（Heracles）、吉尔伽美什（Gilgamesh）、俄尔普斯（Orpheus），还有忒修斯。古希腊有一个历死重生之人——色雷斯的诗人与歌手俄尔普斯，据说他为了寻找亡妻下至阴间，以动人心魄的歌声与诗感动冥王哈迪斯（Hades）和冥后泊尔塞福涅（Rersephone），成功获得恩赦，得以携妻归

---

① 姜岳斌. 伦理的诗学：但丁诗学思想研究 [M]. 杭州：浙江大学出版社，2007：234-235.

返，然而，在即将踏入阳界的时刻，俄尔普斯没有遵守与冥王的约定，忍不住回头看了一眼跟随在身后的妻子，妻子终究化为一缕青烟，在惊怖的呼声中消失于幽深的冥府。

而《奥德赛》中，奥德修斯下到冥府的主题只在片尾的二十四卷中出现了一次，即求婚人死后，亡魂进入冥府的情形，第十一卷"入冥府求问特瑞西阿斯魂灵言归程"中并未提及下冥府主题，实际上，奥德修斯并没有跨过门槛进入哈迪斯的领地或者途经冥府的幽暗并展开对其内部构造的诗性描述，而是谢世者的亡魂纷纷从昏暗处前来，从各处来到深坑旁，聚集在冥府的入口。

奥德修斯注视着埃阿斯（Ajax）走进冥府的昏暗。从这里开始，对于冥府场景的描述发生变化，再没有亡魂上到洞口与奥德修斯交谈，而是奥德修斯走到洞口观察里面的景象。他看见很多古代的英雄：米诺斯（Minos）、奥里昂（Orion）各自从事着生前的营生。常见的史诗观念认为，亡魂在冥府的生活是生前的延续，可是，荷马在《奥德赛》中实际上也先验性地加入了道德审判的因素，奥德修斯在哈迪斯的洞口目睹三大罪人提梯奥斯（Tityus）、坦塔罗斯、西绪弗斯受罚赎罪。荷马甚至通过奥德修斯母亲的亡魂之口向奥德修斯讲述灵魂观，这种史诗意象、道德审判因素及荷马灵魂观的加入，为《埃涅阿斯纪》中冥府前后不一致的多重系统的建构提供了原型。

一、《埃涅阿斯纪》中"冥府"意象的沿袭与新变

学者诺尔（G. N. Knauer）指出，荷马的 Nekuia（阴间、冥府）为维吉尔的整个冥府提供了叙事的框架①，埃涅阿斯与狄多，德弗巴斯

---

① 约翰·沃登.《埃涅阿斯纪》卷六中的结构与欲望［M］// 王承教.《埃涅阿斯纪》章义.北京：华夏出版社，2009：136.

（Defabas）及安契西斯的会面、交谈是模仿奥德修斯与埃阿斯，阿伽门农及俄裴诺（Elpenor）的相见；埃涅阿斯与亡父安契西斯的交谈是模仿奥德修斯与亡母的再晤；关于未来的预言在《奥德赛》中都能找到依据。

长期以来，学界对维吉尔卷六塑造的冥府存在异议，阿契隆河两岸放置着埃涅阿斯生前认识的人的亡魂，他们延续着生前的爱恨情仇，而在塔尔塔罗斯和伊利斜姆（福田），亡魂被按照生前的道德标准和行为来严格放置，在后来的旅程中，亡父安契西斯甚至告诉埃涅阿斯，存在着一种灵魂净化系统。那么我们至少可以看到两种不同的终末论：在第一种死后的观念中，亡魂们永远保持着他们生前的样貌和性格，延续着生前的爱恨情仇；在第二种观念的叙述中，灵魂将与肉体分开，经过与生前的道德品质对应的审判、惩罚或净化阶段，然后重新回到阳间。前者对应着荷马神话中的冥府 Nekuia，后者对应终末论。① 维吉尔学者诺伍德认为，将第六卷的终末论看成单一完整体系的做法并不合适，维吉尔是出于美学效果的考虑，有意制造了前后不一致的矛盾，而将地狱描写分成三部分，或者说，维吉尔实际上描写了三种地狱，它们分别指向原始的死后想象、道德和哲学三个独立部分，据奥古斯丁（Saint Augustine）在《上帝之城》中的说法，西塞罗的老师，罗马的大祭司斯凯沃拉（Scaevola）曾经将神分成三类，分别为诗人之神、哲人之神、治邦者之神②，这些分法似乎也可以作为冥府三分法的一种间接证明。诺伍德对此也有引证。

因此，根据这一理论，提克斯河两岸被描述为"诗人地狱"，塔尔塔罗斯和伊利斜姆被描述为"道德地狱"，此后直到睡梦之门前的内容

---

① 詹姆斯·泽特泽尔.《埃涅阿斯纪》卷六中的正义与审判［M］//王承教.《埃涅阿斯纪》章义. 北京：华夏出版社，2009：159-160.

② 奥古斯丁. 上帝之城［M］. 王晓朝，译. 北京：人民出版社，2006：253-256.

被描述为"哲人地狱"。

第一部分：诗人地狱。模仿《奥德赛》卷十一，埃阿斯走后，奥德修斯在冥府洞口看到很多古代英雄，米诺斯、奥里昂各自从事着生前的营生，一般的史诗观念认为：亡魂在哈迪斯的生活是生前的延续，是生前状态的一面镜子。《埃涅阿斯纪》中位于提克斯河两岸的人，如迦太基的狄多、费德拉（Fadera）和普罗克瑞斯（Procoris）依然延续生前的爱恨情仇。

第二部分：道德地狱。又分成塔尔塔罗斯和福田两个部分。如《奥德赛》卷十一：奥德修斯透过洞口，除了古代英雄，还看到了受惩罚的提梯修斯、坦塔罗斯和西绪弗斯。这里的人们依照生前的道德标准被分为好人、坏人两个阵营，作孽之人被送往塔尔塔罗斯接受处罚，积德行善之人则去往福田享受幸福的死后生活。

第三部分：哲人地狱。该部分建基于一种有关宇宙论的哲学学说之上，它将世界分成灵和躯体两种元素，这两种元素的结合产生宇宙万物，包括人类。如《奥德赛》卷十一：奥德修斯母亲的亡魂向他讲述人死后生命离开白色的骨骼，生命如梦一样飘忽飞离。这里体现了荷马的灵魂观。在《埃涅阿斯纪》卷六中，安契西斯向埃涅阿斯讲述：灵和躯体结合后，纯净的灵被封闭在不纯净的躯体之内，宛如人生活在牢笼之中。这种结合还导致纯净的灵从此遭到玷污，故必经过千年的净化。极少数净化成功者复归原初状态还入以太，而多数净化不成功者被送到忘川河，饮下忘川水转回阳世进入下一轮回。

然而，冥府的具化构造、各种亡魂归属对应的居所、卡隆的渡船、分别通向塔尔塔罗斯和福田的岔路口、对审判的重申、灵魂转世和净化的理论，所有这些都指向更为精细的终末论。

维吉尔建构的冥府中实际发生的惩罚和罪行与古希腊传统、荷马神话，尤其是其卷六构思来源的《奥德赛》卷十一有着部分的沿袭与大胆的形变。对塔尔塔罗斯的叙述是唯一通过西布尔转述而非埃涅阿斯游历的部分，西布尔讲述的罪行与遭受的惩罚：提坦神族，阿洛尤斯的两个儿子，萨尔摩纽斯（Sarmonius），提替俄斯。而在荷马的 Nekuia 中唯一提及的只有提替俄斯，对提坦神族的惩罚在荷马史诗和赫西俄德《神谱》851 行中有相应的说法。而对阿洛尤斯两个儿子和萨尔摩纽斯的惩罚在维吉尔之前从未有提及；在传统的荷马 Nekuia 神话背景下，受罚者的身份姓名、所犯的罪行以及遭受的惩罚是同时出现的三种因素。而在西布尔的转述中，我们可以看到维吉尔在对荷马 Nekuia 沿袭的基础上更多的是对刑罚的重新安置，或者说是有悖传统的误置：伊克西翁（Ixion）本是被绑在车轮上，皮利投斯（Pirithoüs）在龙椅上与忒修斯相伴受罚，而在西布尔的描述里：

> E che dire dei Lapithae, Ixion, Pirithoüs?
> Pende su questi, nera, una roccia, già sta per cadere,
> sembra proprio che cada, splendono d'alti divani
> conviviali aurei i sostegni, i cibi allettano gli occhi. ①

伊克西翁和皮利投斯头上悬着一大块黑石头，好像随时要滑落下来，马上就要压下来砸烂他们一样；在他们面前摆着高脚的筵席榻，黄金的踏脚闪闪发光，一桌豪华的帝王盛宴已经准备好，但复仇女神中最年长的那一个却蹲在旁边，不准任何人动手去碰那餐桌，她手持火炬，谁要敢碰，就跳起来，像雷鸣一样大声吆喝。②

---

① P. VIRGILIO MAROU. Eneide. Libro secondo ［M］. Torino：Einaudi Tascobile, 1989：616.

② 维吉尔，塞内加. 埃涅阿斯纪 特洛亚妇女 ［M］. 杨周翰，译. 北京：人民文学出版社，2016：208.

维吉尔不光重新安排了惩罚，给他所列举的罪行赋予一种罗马风格，正如泽特泽尔所说，古罗马文学在改编希腊资源的过程中，这一点很常见①；而且将古希腊传统的惩罚推广到现实人类，推石上山的西绪弗斯和缚轮之罚的伊克西翁，在卷六中变成了针对许多人的惩罚形式。

> Rotola questo un gran sasso, ai raggi di ruote legati
>
> pendono altri; siede, e in eterno così seduto ha da stare. ②
>
> 有人的处分是推大石头，有的人四肢张开绑在车轮上。③

对传统希腊神话的颠覆与新变，目的在于削弱传统神话中 Nekuia 的固化形象和权力话语，然后用道德化的终末论来取代，如 patraloia（弑父）在希腊传统中是一种典型的罪行，但 pulsatus parens（忤逆父母）一词却指向希尔维乌斯（Servius Tullius）的法律。用弑兄杀弟代替兄弟相仇，反映了诗歌的罗马关怀。④ 而普遍化的道德准则非常精确地适用于奥古斯都时期的罗马公民，固化了罗马法的德行。

卷六尾声处安契西斯向埃涅阿斯介绍的"罗马英雄列队巡游"，让人想到柏拉图《理想国》结尾处的厄洛斯勇士的故事。勇士厄洛斯在一次战争中被杀，但在死后第十二天的葬礼上又复活了。复活后他讲述了自己在冥府的所见所闻，他说，人和动物的灵魂先以肉身的形式在人间生活，继而返回冥府，等待轮回。这一等待过程需要一千年之久，在

---

① 詹姆斯·泽特泽尔.《埃涅阿斯纪》卷六中的正义与审判［M］//王承教.《埃涅阿斯纪》章义.北京：华夏出版社，2009：165.
② P. VIRGILIO MAROU. Eneide. Libro Secondo［M］. Einaudi Tasrabie, 1989：618.
③ 维吉尔，塞内加.埃涅阿斯纪 特洛亚妇女［M］.杨周翰，译.北京：人民文学出版社，2016：208.
④ 詹姆斯·泽特泽尔.《埃涅阿斯纪》卷六中的正义与审判［M］//王承教.《埃涅阿斯纪》章义.北京：华夏出版社，2009：165.

这一千年，灵魂得到净化，前世因为罪恶而沾染的污迹被洗净。随后，他们被再次召回人间，开始新一轮的轮回。他们可以选择下一次投胎时的身份和性格，然后喝下忘川河水，忘记前一世的记忆，根据自己的选择重新投胎。

可见，厄洛斯看到灵魂被召集到忘川河畔的草坪上，选择下一次投胎时的身份和性格，并辨认出传说中和历史上名留千古和臭名昭著的人，这一情节是《埃涅阿斯纪》卷六安契西斯向埃涅阿斯介绍"罗马英雄列队巡游"场景的原型。二者在细节安排上有明显差异：《理想国》中的灵魂需要在神使协助下自行选择下一世的生活，在进入下一世的时间确定之后，来到忘川河畔聚集并忘却前世；而《埃涅阿斯纪》卷六中所描绘的大部分灵魂在死后需要经历千年一周期的轮转，在此期间，被肉身玷污或沾染习气的灵魂不断受到磨炼，会因为根深蒂固的罪愆而受惩罚，"有的被吊起来，任凭风吹，有的被投入大渊，去洗掉他们的罪孽，有的被投入火中，去把罪孽烧掉，每个人的灵魂所受的痛苦各不相同"①，直到灵魂熬过了千年一周的轮转，天帝便把他们召到勒特河，即忘川边等候投生。也就是说，维吉尔沿用了柏拉图《理想国》中关于轮回的观点，并加入了毕达哥拉斯学派关于死后灵魂净化的学说。另一个细节差异在于：《理想国》中的灵魂需要在神使协助下自行选择下一世的生活，这些按照号码次序选定下一世生活的灵魂保有前世的性格和记忆，并据此做出选择；而《埃涅阿斯纪》卷六中"罗马英雄列队巡游"的准备投胎的灵魂已经获得下一世的样貌和身份，安契西斯指点给埃涅阿斯看等待投生的罗马名人，其中有阿尔巴诸王、罗慕路斯、奥古斯都、罗马诸王和共和国英雄。第三处差异在于：《理想国》灵魂轮回说的主旨在于道德训诫，我们应当谨慎地看守好此世的

① 维吉尔. 埃涅阿斯纪 [M]. 杨周翰，译. 上海：上海人民出版社，2016：212.

内心和灵魂，明智地选择有智慧有德行的生活；而《埃涅阿斯纪》卷六轮回说的主旨则在于借安契西斯之口昭示罗马辉煌的未来景象，埃涅阿斯未来的命运，肩负的建国使命，达达努斯的后人将获得什么样的荣耀。

维吉尔在改编荷马史诗冥府意象的时候，加入了罗马风俗、埃涅阿斯的传说、柏拉图《理想国》和西塞罗《国家篇》的著名片段，这个例子很好地彰显了他在整合传统诗学资源上的创造力和想象力。西塞罗在《国家篇》卷六中，借父亲大西庇阿之口向儿子小西庇阿·阿非利加努斯（Scipio Africanus）说了一番话，是西塞罗对柏拉图《理想国》中厄洛斯神话的改编，被称为"西庇阿之梦"。后来，小西庇阿征服了迦太基，他做了一个梦，梦见父亲显现，向他解释宇宙起源及灵魂本质："灵魂据说出自那永恒之火，你们称这些火为星宿，它们周身浑圆如球体，由神灵之心意激活……"① 维吉尔史诗《埃涅阿斯纪》卷六中安契西斯的一番话，可以找到很多和西塞罗相呼应之处。安契西斯谈到宇宙起源于太初之时，元气与心灵的融合，生出飞禽走兽和万物灵长，万物的种子，也就是灵魂来自宇宙起源产生的天火；心灵像是幽禁在暗无天日的肉体牢笼之中；亡父安契西斯的这番话是在埃涅阿斯游历冥府时所讲，卷六结尾处安契西斯将埃涅阿斯和西比尔送出了象牙门，象牙门的隐喻揭示了这番冥府游历是一场梦境，印证了维吉尔改编荷马时，加入了西塞罗"西庇阿之梦"的片段与素材。

二、《神曲·地狱篇》对冥府意象的几处改写

《神曲》开篇场景中的三个物理学领域对应着传统的史诗旅行主题

---

① 西塞罗. 国家篇 法律篇 [M]. 沈叔平，苏力，译. 北京：商务印书馆，2008：132-133.

的三个象征领域。在离开幽暗的树林后，诗人紧接着将树林与穿越海洋含蓄地联系在了一起："犹如从海里逃到岸上的人，回过头来重新注视那道从来不让人生还的关口。"① "关口"一词将大海与穿越联系在一起，就这样预示着旅行主题的史诗的第一阶段，山坡首先被叫作"荒凉的斜坡"，然后被称作"荒野"，因此我们能够轻易将荒凉的斜坡与未成功出走的第二个领域联系在一起。早期评论者倾向于从字面上解读诗行，认为所指的是一条在山脚奔腾的溪流或者是阿克隆河本身。② 由于其自身的局限性，现代许多阐释者都抛弃了这种观点，而选择从纯粹的象征意义上来理解这条河流。

　　在古代，有一条河被认为胜过任何海洋：俄刻阿诺斯，众水之父。荷马在《伊利亚特》中描述它：

　　　　水流深急的俄刻阿诺斯，水的源头，所有江河，大洋，所有溪泉和深挖的水井，无不取自它的波澜。

　　在荷马时代的希腊，在那神话式的宇宙论中，这河被想象成一切现实的边界。因此，阿喀琉斯的盾用"俄刻阿诺斯磅礴的水流"做边。在河水围成的边界以外是亡灵的世界，这河将穿越它的人们运送到那里，基尔克（Kirk）将奥德修斯送到"水流森森的俄刻阿诺斯河与世界的极限"③，为了让他到达冥府。最后，这河流化身为一位慈祥而年迈的神，他代表的正是水本身。

　　埃涅阿斯的冥府之行是但丁地狱之旅的原型，但丁在《地狱篇》第三歌描写准备渡过冥河的灵魂的诗句中，有两处改写自维吉尔《埃

---

① 但丁. 神曲·地狱篇［M］. 田德望，译. 北京：人民文学出版社，2004：3.
② 弗里切罗. 但丁：皈依的诗学［M］. 朱振宇，译. 北京：华夏出版社，2010：77.
③ 但丁. 神曲·地狱篇［M］. 田德望，译. 北京：人民文学出版社，2004：17.

涅阿斯纪》的"落叶"与"飞鸟"典故，如下：

> 如同秋天的树叶一片一片落下，直到树枝看见自己的衣服都落在地上一样，亚当有罪恶的苗裔一见他招手，就一个一个地从岸上跳上船去，好像驯鸟听到呼唤就飞过来似的。①

当埃涅阿斯及其向导准备渡过提克斯河时，河滩上聚集的灵魂让世人回想起荷马史诗中人生世代如秋叶的明喻，但丁此处改写的源自维吉尔《埃涅阿斯纪》卷六的诗行如下：

> 整群的灵魂像潮水一样涌向河滩，有做母亲的，有身强力壮的男子，有壮心未已但已丧失了生命的英雄，有男童，有尚未婚配的少女，还有先父母而死的青年，其数目之多恰似树林里随着秋天的初寒而飘落的树叶，又像岁寒时节的鸟群从远洋飞集到陆地，它们飞渡大海，降落到风和日暖的大地。

但丁学者萨佩纽（Sapegno）指出，维吉尔诗行中的比喻"主要强调灵魂数量之多，而在但丁的诗句中，这些比喻意在说明灵魂应卡隆的召唤而登船的方式"②。学者弗里切罗（John Freccero）进一步指出，在维吉尔的诗行中，树叶的凋落与候鸟的迁徙都是自然的节奏，它们脱离个人的意志，衬托出生命群体在无常命运的作用下轮回的悲伤；而但丁的改写则强调了灵魂个体的抉择，"一片一片地落下""一个一个地跳上船去"。弗里切罗敏锐地看到，在但丁的诗句中，"直到树枝看见自

---

① 但丁. 神曲·地狱篇 [M]. 田德望, 译. 北京：人民文学出版社, 2004：17.
② ALIGHIERI D. La Divina Commedia [M]. Firenze：La Nuova Italia, 1985：41.

己的衣服都落在地上一样"① 一句是但丁自己有意的创造：

> "外衣"（spoglie）一词代表了一种与秋叶无可避免的坠落非常不同的漫无节制的失落。如果这树枝能够或许悲哀地看着自己的衣服，那就意味着，这不必发生：简言之，上帝之树本来是常青的。②

可见，但丁创造的这个诗行与上文的"恶灵们的诅咒"相呼应，两个细节都意味着心灵对上帝的背离。就这样，但丁再次用奥古斯丁式的譬喻修正了维吉尔的诗句。

三、灵魂观的嬗变

维吉尔塑造的哲人冥府背后隐藏着灵魂观的演变史，或者说从奥德修斯入冥府探询未来，到亡父安契西斯向埃涅阿斯讲述哲人冥府，再到《神曲·地狱篇》对理性及灵魂结构的理解，都是分别建立在不同时代灵魂观的基础上的。

柏拉图在《理想国》里将灵魂分为理性的、血气的和欲望的。亚里士多德在《灵魂篇》里指出其不足并论述：理性部分除认知功能以外，还包含有欲望的成分。中世纪的奥古斯丁将灵魂观的着眼点从古希腊的认知功能转到"自由意志"和"爱"，以它们来分析人类灵魂中的力量。托马斯·阿奎那（Thomas Aquinas）对古希腊传统和奥古斯丁理论做了调和，认为亚里士多德所说的理性欲望即是奥古斯丁言及的自由意志（voluntas），并将自由意志等同于古希腊传统中强调的起认知功能

---

① 弗里切罗. 但丁：皈依的诗学 [M]. 朱振宇，译. 北京：华夏出版社，2010：183.
② 弗里切罗. 但丁：皈依的诗学 [M]. 朱振宇，译. 北京：华夏出版社，2010：184.

的理智（intellectus），将其看作理性中的一种力量。阿奎那还对人的意志进行了更严谨的定义：理性中的自由意志是狭义的意志，而与古希腊传统中另外两个成分——血气（ira）和贪欲（concepiscibilis）合并，统称为广义的"意志"。由此，灵魂划分为理智和爱，爱划分为理性欲望和感性欲望，前者即意志，后者又划分为血气和欲望。经院派论述，亚当被创造时，灵魂各部分呈现出四种美德：在理性中是审慎，在意志中是正义，在血气中是勇敢，在色欲中是节制。当人的德行被剥夺，灵魂的四个部分遭受相应的伤害时，理性中有了无知，意志中有了怨恨，血气中有了脆弱，欲望中有了贪欲。《神曲·地狱篇》中朝圣者迷失在森林，但丁学者纽曼（Francis Newman）追溯了"森林"（selva）在中世纪寓意的演变，提出（silva）在当时用于指代柏拉图《蒂迈欧篇》中的"物质"（hyle）[①]，而被认为是罪恶的来源。出现在眼前的豹子、狮子和狼就代表了后三种爱之罪。朝圣者"坚定的脚"指的是代表人的意识或爱的左脚，与之相对的右脚代表理智，在第一歌的开篇中，"坚实的脚落在后边"是指意志的堕落比理智的蒙昧更加严重。因此，《神曲》是一部医治"爱之伤"的史诗。[②] 正如不断追求知识的奥德修斯式旅行，朝圣者从地狱、炼狱到天堂是人类精神摆脱混乱、走向有序、最终达到完满爱的神圣秩序的过程。

如果说《神曲·地狱篇》通过朝圣者的旅程通篇关注人类意志即爱，那么构建于古希腊传统灵魂观基础上的《埃涅阿斯纪》卷六，维吉尔颂扬的是欲望的节制及对命运或神谕盲目的虔诚。G. 格林斯基（G. Karl Galinsky）曾经用"虔敬"梳理埃涅阿斯美德的解释史。[③] 对

---

① NEWMAN F. Modern Language Note［M］. New York：Routledge Press，1967：64-65.

② 弗里切罗．但丁：皈依的诗学［M］.朱振宇，译．北京：华夏出版社，2014：43-57.

③ GALINSKY G K. Aeneas，Sicily，and Rome［M］. Princeton：Princeton University Press，1969：53-60.

爱欲的节制体现在史诗中女性的命运以及卷六埃涅阿斯游历冥府时所见。维吉尔将迦太基女王狄多与埃涅阿斯的爱情归为神祇的阴谋。维吉尔在卷六将狄多设置在了诗人冥府中，善恶判断只发生在道德冥府。因此，维吉尔并未对她进行道德善恶的判断，而是体现古典理性的思辨与评判标准。但她的形象始终被定格为埃涅阿斯建国伟业的阻碍力量。①另外一个女性形象是埃涅阿斯的原配妻子克鲁萨，整部史诗对她的描写比较单薄，这位特洛伊公主只是作为一个死后的亡魂出现，给我们留下伟大奉献的烈女印象。从文本不难看出史诗所认可的妇德。《埃涅阿斯纪》对待爱欲的态度，可以归结为一种斯多亚式的隐忍，靠努力克制人欲而实现的建国理想。

与之相对的是面对命运和神谕的迷惘与敬畏。传统虔敬观是维系社会家庭及城邦稳固的基石，虔敬，在原初意义上表现为家神崇拜，以父亲的祭司角色为主导，每个家庭都有自己的家神，他们分别是各个家庭的祖先，他们给予家庭生命使其得以生存繁衍下去，并且有力量赐福或降祸于家庭。而后逐渐演化成城邦的诸神信仰，人们认为，每个城邦因为某个特殊的神而得以存在，这些神就成为城邦的保护神，他们就像家神之于家庭一样看管并保护着城邦。柏拉图通过《游叙弗伦》将虔敬的规定由外在的诸神崇拜转向内在的灵魂美德。而旨在通过稳固政权来治国平天下的罗马人这里，《埃涅阿斯纪》中虔敬更多体现在对父亲、命运及神谕的敬畏。卷六埃涅阿斯在福田见到亡父安契西斯，父亲的亡魂向他揭示他未来的命运及使命：

Sì, figlio, fondata da lui la nobile Roma

---

① PUTNAM M. Virgil's Aeneid: Interpretation and Influence [M]. Chapel Hill: The University of North Carolina Press, 1995: 792-794.

Pari alle terre l'impero, all'Olimpo avrà l'animo,

esette rocche, unica, cingerà del suo muro,

feconda d'eroi: così avanza turrita la madre.①

孩子，看，罗马将由他的掌权而闻名于世，罗马的统治将遍布大地，它的威灵将与天为，它将用城墙围起七座山寨，建成一座城市，它将幸福地看到子孙昌盛，就像众神之母库别列。②

史诗的展开也是围绕神的预言，维纳斯得到朱庇特许诺特洛伊的后裔将主宰世界，埃涅阿斯的每一步行动都对神亦步亦趋，但神的最高旨意始终对他封禁着。如卷六女先知西布尔以心地纯洁者不允许进入为由，将埃涅阿斯隔绝于冥府最深幽的邪恶——塔尔塔罗斯。在《埃涅阿斯纪》的世界里，只有命运与神谕的权威，并没有自由意志的抉择。人文主义诗人但丁不满足于维吉尔盲目的虔敬，因此，安排其精神导师止步于炼狱，找出尘封于记忆深处的贝雅特丽齐来象征理智与爱的两种超自然的完满，神圣秩序的人类精神来带领朝圣者步入自由的天国。

---

① MARONE P V. Libro Secondo [M]. Torino: Einaudi Tascabile, 1989: 616-618.

② 维吉尔，塞内加. 埃涅阿斯纪 特洛亚妇女 [M]. 杨周翰，译. 北京：人民文学出版社，2016：214.

第七章

秩序的反面：狄多与图尔努斯

狄多悲剧是整部史诗文学性最强的部分，迦太基女王狄多亦是罗马文学遗产中为数不多的成功文学形象。作为一个被神意愚弄牵连的受害人物，狄多被内心的愤怒以及男性与女性之间不同的社会习俗观念的强大力量撕扯，最终走向疯狂，维吉尔对她的同情是隐藏的。诗人创作的迦太基的狄多改编自真实历史故事，原本与埃涅阿斯没有任何瓜葛，甚至不在同一时代。原型为北非利比亚女王爱丽莎（Elissae），她生活在特洛伊覆灭三百年后，是一位追随亡夫的贞洁烈女，丈夫亡故后，本族人逼迫她下嫁给马克西塔人的国主，但爱丽莎心系亡夫，为悼念其亡灵，堆起火堆，并投入火中自杀。死后迦太基人称她为"狄多"，在迦太基语里的意思是"女杰"。也就是说，前维吉尔时代的狄多女王不是为爱情而殉情的神意的牺牲品，而是精明强干的政治领袖、为守护名节不惜自尽的烈女。

一、狄多的悲剧

狄多故事的推进发生在两个层面：神和凡人。在天神层面，朱诺满怀对特洛伊人的怨愤，制造了象征无理性愤怒的海上风暴，导致偏离航道、遭遇海难的埃涅阿斯一行人在迦太基登陆。维纳斯关心她的儿子，设计让小爱神丘比特变幻成阿斯卡纽斯的模样，借机向狄多使用法术，将神秘的爱火吹进她心里，让她迷恋上埃涅阿斯，并遗忘对亡夫的旧爱，狄多不幸命运的齿轮便悄然转动。当婚姻女神朱诺知晓狄多女王中了法术，患上严重相思病，便嘲讽维纳斯取得巨大胜利和值得纪念的荣光，征服一个人间女子竟要两位天神大耍诡计，随后话锋一转，提出与维纳斯言归于好，联手促成埃涅阿斯和狄多的婚事，并提议让迦太基人与特洛伊人联合，两位女神共同分享权力。于是，朱诺和维纳斯联手设计两位恋人在围猎时遭遇风暴，躲进一个山洞并结合为夫妇，埃涅阿斯的身份从一位外邦客人变成狄多女王的公开恋人。然而，维纳斯看穿朱诺的诡计是将埃涅阿斯羁留在异国的温柔乡，延宕特洛伊人回到意大利的旅程，最终"把埃涅阿斯将来在意大利独立的国家转移到利比亚来"①，可以说，两位女神是各怀鬼胎，钩心斗角。众神之父朱庇特看到埃涅阿斯被狄多深深吸引，忘记了立国的使命，便派遣神使墨丘利谴责埃涅阿斯的遗忘，警醒他不要忘记使命而久留在迦太基，要他立刻准备离去。这样严重的告诫和神的命令使他震惊，惊愕之余，埃涅阿斯决定离开迦太基，爱情破灭的狄多走向疯狂。狄多不幸的命运是三位天神钩心斗角的一个偶发事件，神灵对她没有愤怒抑或惩戒，只有漠然；而作为凡人，是无力与命运或神意进行角逐、对抗的，只有完全听之任之。她对埃涅阿斯的狂热迷恋不是原发的，也不是她个人意志可以掌控火候的，而是神力使然。这是整个故事在天神层面的演进。

　　而在凡人层面，故事开始于狄多意识到自己对埃涅阿斯的迷恋"有一种死灰复燃、古井生波之感"，同时意识到不应该违背对亡夫希凯斯的誓言，狄多的身世在卷一就有所交代：来自推罗，她的丈夫希凯斯是本国最富有的地主，被她的哥哥皮格马利翁图财害命杀死在神坛前，希凯斯托梦告诉她真相，并助她逃离推罗，后狄多率众在迦太基建

---

① 维吉尔. 埃涅阿斯纪［M］. 杨周翰，译. 上海：上海人民出版社，2016：128.

立一座新的城邦。她以女王的身份出场，娟美、高贵、明艳动人，受人爱戴，身边扈从如云。初期，狄多极力克制对埃涅阿斯的迷恋，因为她已发誓为亡夫守节，古人对誓言是极为看重的，他们相信违背誓言会遭受不和女神（誓言女神的母亲）和复仇三女神（誓言女神的三位侍女）的惩戒与纠缠。但在妹妹安娜的悉心劝解下，打消了她良心上的顾虑。围猎场事件之后，两人公开恋人身份双宿双归，腓尼基热火朝天的基建工作中断了，特洛伊人前往意大利重建的使命也被遗忘了。狄多认为他们在二神密谋下于山洞里的结合就是结婚，埃涅阿斯却认为他们从未缔结过婚约或订立誓言。决定离去的埃涅阿斯没有勇气直面情感炽烈的狄多，于是他选择用迂回的方式，等待合适时机坦白将要离去的决定，然而，狄多觉察到了异样，误以为埃涅阿斯准备不辞而别，便怒从中来，带着绝望、责备和悲怆的心情徒劳地挽留他，鉴于众神之父朱庇特的告诫，埃涅阿斯强行压抑内心的眷恋，冷冷地回应道，是命运和神意迫使他离开她前往意大利。此刻埃涅阿斯能做的就是承认有负于狄多的情意与恩典，但是他身不由己，众神之父的命令不可违抗，他的首要且神圣的使命是为幸存的同胞重建特洛伊城邦，"腓尼基人令人艳羡的城邦已筑，特洛伊人也有权利去国外建立国家"①。狄多痛责埃涅阿斯将自己陷于屈辱与绝望的境地，此时，狄多已萌生自杀的念头；后又让妹妹安娜挽留埃涅阿斯，希望他至少等到顺风时节、天气好转再走，但埃涅阿斯已下定决心，不为所动，"在他伟大的心胸里深感痛苦，但他的思想坚定不移，尽管眼泪徒然地流着"②。

屈辱绝望的狄多决意赴死，她仿佛听到死去的丈夫在呼唤她，神志恍惚，精神错乱，她佯称受西土马苏里族女祭司指点，要举行神秘仪

---

① 维吉尔. 埃涅阿斯纪［M］. 杨周翰，译. 上海：上海人民出版社，2016：136.
② 维吉尔. 埃涅阿斯纪［M］. 杨周翰，译. 上海：上海人民出版社，2016：139-140.

式，用魔法治疗爱情带来的伤痛，或者让埃涅阿斯回心转意。隐瞒实情的狄多让妹妹安娜在宫殿后筑起柴堆，把埃涅阿斯留下来的一切衣物、武器、合欢榻统统放在上面，一起焚烧。夜幕降临，万籁俱寂，唯腓尼基女王忧愤难眠，思虑万千，她被神意、愤怒以及男性与女性之间不同的社会习俗观念的强大力量撕扯，赴死的念头重新盘踞在她的心头，她也盘算如何应对局面，是回到那些求婚者那里受人奚落，还是追随特洛伊人，听从他们的颐指气使，思前想后，深信唯有一死，才能让自己摆脱被爱情烈焰灼伤的痛苦、被抛弃的屈辱以及背叛亡夫誓言所承受的良心上的折磨。这时，睡梦中的埃涅阿斯梦见神使墨丘利，提醒他此处危机四伏，狄多已被疯狂与愤怒所攫取，盘算着种种诡计和可怕的勾当，再不走就要遭到袭击，埃涅阿斯立刻唤醒众人，仓促动身。狄多在宫中望见特洛伊人离去，仇恨的怒火在她胸中燃烧，她祈求神灵诅咒埃涅阿斯，祈求后世子民与特洛伊人永世为敌。说话间，她支开奶娘，冲进王宫内廷，疯狂地登上高高的柴堆，简短回顾一生，念诵自己的墓志铭，便抽出埃涅阿斯赠予她的宝剑自刎。

> 我建造了一座雄伟华美的城市，我亲眼见到了巍峨的城垣，
> 我替我的丈夫报了仇，惩罚了我的敌人——我的哥哥，
> 我应当是很幸福的了，非常非常幸福的了，
> 但不料特洛伊人的船舶来到了我的海滨。①

　　维吉尔研究学者艾瓦·阿德勒（Eva Adler）将狄多的墓志铭解读为"爱之深与怒之切"的一生，这是她生命能量的显现模式，也是她建立迦太基城的内在驱动力。挚爱的丈夫被谋害，兄妹间的信任被残忍

---

① 维吉尔．埃涅阿斯纪［M］．杨周翰，译．上海：上海人民出版社，2016：146.

利用，狄多在推罗遭受到的深刻伤害激起了她强烈的复仇欲望，驱使她建立一座新的城邦。她带走了那些本属于她丈夫、被她哥哥皮格马利翁阴谋得手的金子，一方面，建设新的城邦惩罚了皮格马利翁，让他得不到那些金子，机关算尽终成空；另一方面，狄多带领一群痛恨暴君的人流落他乡，用丈夫留下的宝藏重建新的王国与秩序，颁布新的法令，造福人民，告慰希凯斯的亡灵。狄多把自己私人的感情全部转化为对公众和政治的热情。

维吉尔关于狄多女王建立迦太基的描写与他笔下的罗马建城有一处明显区别：埃涅阿斯的使命是为幸存的特洛伊人重建城邦与高墙，以及安放家神的神庙，因此，虔敬的埃涅阿斯在流亡途中也带着家神和伟大的诸神。而狄多建城却是与故土腓尼基的彻底决裂，狄多在没有任何神谕的情况下，率领一群痛恨暴君，对故乡没有任何眷恋之情的人，带着希凯斯的宝藏，驾船离开腓尼基。到了非洲，他们无须战争，因此便没有请求家神的庇护来打败敌人，而是用机智和希凯斯的金子买到了领土。这充分证明了狄多一众与作为腓尼基人的自身历史的决裂。

无论是爱之深、怒之切的建城动力，还是神谕与天神意志的缺席，抑或是与家神、故土、历史的决裂，都是维吉尔称颂的奥古斯都新政与秩序的反面。这也是诗人笔下狄多爱情悲剧的深层原因。爱情在古罗马是不被提倡的，被认为是一种具有破坏性的病态，除非能纳入现有秩序。诗人关于狄多被爱情引起的愤怒所毁灭的悲剧故事的哲学内核源于古罗马诗人卢克莱修《物性论》卷四的爱情本质论述：

> 这个欲望就是我们的维纳斯，这就是我们称之为爱情的东西的
> 起源，这种东西我们所得到的越多，我们胸中就会燃烧着越猛烈的

欲焰。①

　　在卷一中，小爱神丘比特用法术向狄多的心中吹入爱火，使狄多对膝上的小家伙"百看不厌，一面看一面心里火辣辣的"，因爱而生的虚幻的欲望会导致狂暴和愤怒，会使顺境中的情人们感到生活的痛苦；而对于逆境中的爱情，难以满足的虚妄情欲所造成的恶果更是不胜枚举②，正如卢克莱修（Titus Lucretius Carus）所说："空虚的欲望本质上无法填满。"③当埃涅阿斯来到迦太基的时候，狄多的心田已荒芜，但这只是一种假象，事实证明，面对由爱的破灭而产生的虚幻的愤怒时，她根本无力抵抗，狄多所接受的伊壁鸠鲁式哲人教育，一方面释放了她的愤怒；另一方面却无法通过建立对天神惩罚的恐惧来约束本性。④维吉尔是卢克莱修《物性论》的拥趸，其中的克里纳门原子论⑤及"无物能从无中生，无物能归于无"的论点成为古罗马文学中最早的启蒙，卢克莱修塑造的哲人英雄伊壁鸠鲁（Epicurus）通过对世界及万物本性的认识，打破了宗教在人心中设置的壁垒，消解了人们对死后灵魂受刑罚的恐惧，教诲人们真正的幸福是一种内心的平静。在卢克莱修的《物性论》中，世界分为三个部分，苍穹、陆地、海洋，传统史诗神话中用于惩罚和压制黑暗力量的冥府并不存在。维吉尔在接受卢克莱修的万物本性论的基础上指出其形而上的局限性，深刻地意识到用万物本性

---

① 卢克莱修. 物性论［M］. 方书春，译. 北京：商务印书馆，1981：247.

② 卢克莱修. 物性论［M］. 方书春，译. 北京：商务印书馆，1981：252-253.

③ 卢克莱修. 物性论［M］. 方书春，译. 北京：商务印书馆，1981：249-250.

④ 阿德勒. 维吉尔的帝国：《埃涅阿斯纪》中的政治思想［M］. 王承教，朱战炜，译. 北京：华夏出版社，2012：138-139.

⑤ 克里纳门（clinamen），本质上是一种原子的偏斜运动，一个小小的原子也能突破垂直向下的运动轨迹发生偏离，并撞击其他原子，引发小体撞击和连锁反应，互相碰撞，从而重新排列在一起，生成新的质子结构。同时表达了一切都在变化的哲学观点。

论完全取代宗教是不可取的，甚至是危险的。被失控的愤怒攫取走向疯狂的悲剧女王狄多便是这种危险的呈现。

二、图尔努斯之死

图尔努斯是一位承袭祖业，既富且贵的青年国王，鲁图里亚人的首领，拉丁族人拉提努斯王已将女儿拉维妮娅许配于他。可是异象频发，拉提努斯王去老父亲的神庙占卜吉凶，老父法乌努斯（Faunus）显灵，告诉他要将拉维妮娅嫁于异邦人。终于抵达意大利台伯河岸的特洛伊人派使节觐见拉丁国王，请求结盟，因为有神谕在先，拉提努斯王以礼相待，双方商谈融洽，意图联姻。然而，一切进展得过于顺利了，朱诺的无理性愤怒再一次被点燃，女神决定挑起流血斗争。朱诺从地狱的黑影中招来不祥的复仇女神阿列克托，命她去破坏埃涅阿斯和拉提努斯王意图撮合的那桩婚事，以阻止特洛伊人占领意大利，打乱双方已经达成的和平，并撒下战争的种子。邪恶的复仇女神首先从正操心女儿婚嫁的阿玛塔王后下手，向她的胸口放出毒蛇伺机偷袭，这样蛇毒一发作，王后便发疯一样把劳伦土姆王宫搅得不得安宁。王后向来赞成女儿与图尔努斯的婚事，认为把女儿远嫁给亡命的特洛伊人不是明智之举，如果说拉丁人选女婿一定要遵从神谕和亡父法乌努斯的命令，从外邦人里去找，那么图尔努斯的祖辈可以追溯到米刻奈人①，王后提出来他也是外邦人。作为拉维妮娅的母亲，参与安排女儿的婚嫁是罗马人的传统，拉提努斯王却对她的劝说和提议充耳不闻，诗人在此处使用复仇女神阿列克托的蛇毒做隐喻，暗示王后激动发狂的表象下隐藏着深层的心理诱因——被忽视的母亲的痛苦，王后劝告未果，蛇毒发作，王后发了疯。阿列克托又来到图尔努斯的城堡兴风作乱，先变幻成年迈的女祭司言语

① 维吉尔. 埃涅阿斯纪［M］. 杨周翰，译. 上海：上海人民出版社，2016：235.

挑唆，离间他与埃涅阿斯，青年国王不为所动，阿列克托便显出原型用邪恶的妖术激起青年国王的嫉妒与愤怒，"一股杀机，一股可诅咒的好斗的疯狂，外加气愤，使他变得和野人一样"。图尔努斯下令召集部队首领，发兵拉提努斯王都城，号称保卫意大利，把敌人驱逐出境。这时，在复仇女神的伎俩下，拉丁族人群情激奋，准备与特洛伊人交战。朱诺亲自打开战争大门，拉丁乡民和特洛伊人交战，散居在意大利的各部族盟军前来应战。

朱诺遣使臣伊利斯（Iris）告诉性情暴躁的图尔努斯，埃涅阿斯出门找援兵，是进攻的绝佳时刻。图尔努斯听从神谕，在天时地利的条件下，鲁图里亚人几乎攻陷特洛伊人的营寨，可是由于图尔努斯缺乏自制力，关键时刻嗜杀的性情蒙蔽了理性的判断，反而身陷重围，被特洛伊人逐出营寨。

埃涅阿斯带回了罗马城原住民厄特鲁里亚人的援军，首领厄凡德尔听从神谕，将部队交由外乡人埃涅阿斯率领，并派他的儿子帕拉斯辅佐参战。图尔努斯和年轻的帕拉斯单独交锋，进行了一场实力悬殊的比拼，毫无战斗经验的帕拉斯被击杀，图尔努斯扯下帕拉斯尸体上的腰带作为战利品。埃涅阿斯的怒火完全被点燃，誓为帕拉斯复仇，他冲进战场，大开杀戒，像割麦子一样把近旁的敌人全部砍倒，杀死了苏尔摩（Sulmo）的四个儿子，乌劳斯（Olaus）的四个儿子，用他们作为献给帕拉斯亡魂的祭礼，又用战俘做活人祭。活人祭在维吉尔时代同样是有悖战争伦理的残暴行为，被愤怒点燃失去控制的罗马英雄埃涅阿斯不再"虔敬"，而是变成了嗜血的刽子手，这一点的历史影射和对罗马英雄的伦理谴责在前文已有论述，不再赘述。天神可以说过多地参与战事。此时，朱诺获请朱庇特准许，暂时救了图尔努斯，朱诺制造了一个埃涅阿斯的幻象将图尔努斯诱离战场，回到阿尔代阿的家中。拉提努斯派使臣前往特洛伊营寨请求停战，并要求归还死者尸体以便安葬，埃涅阿斯

——应允，并表示愿与图尔努斯单独交手，但并未下战书，归还尸体后便迎来了休战的十二天，双方都为死者举行葬礼埋葬尸体。拉丁阵营中死者们的家属怨声不断，埋怨战争和将他们卷入战事的图尔努斯的婚事，在政敌德朗克斯（Drances）的煽动下，反战情绪高涨，德朗克斯讽刺图尔努斯因为个人私怨将全族人民置于水深火热之中。正当拉丁人就焦灼的战事争论不下时，特洛伊人发动了进攻，图尔努斯出城设防，准备偷袭敌军主力。轻骑军主帅、女战士卡密拉战死，沃尔斯克人的部队全部覆灭的消息使图尔努斯再一次燃起了失控的怒火，他疯狂行事，撤离了设埋伏的咽喉要地，"他前脚刚走，埃涅阿斯后脚就到了这无人守卫的咽喉要道"，缺乏自制力的图尔努斯再一次与胜利失之交臂。

　　图尔努斯提出同埃涅阿斯单独交手，企图用这种方法来结束战争。站在阿尔巴努斯山巅的朱诺告诉图尔努斯的姐姐、女仙茹图尔娜（Juturna）：末日和敌人的威胁已经迫近，就在今天，图尔努斯将要面临失败的命运。朱诺表示自己已经无能为力，授权给茹图尔娜自由行事，争取把图尔努斯从死亡手里抢回来，无论是发动战争，还是撕毁盟约，朱诺都会负责。决斗开始之前，茹图尔娜扮成军中颇有威望的卡摩尔斯（Camers），鼓动意大利人破坏停战，并降下鸟释，蛊惑人心。战斗又一次打响，埃涅阿斯阻止他的部下破坏条约，不巧被暗箭射伤，退下战场。图尔努斯所向披靡，以为天神将降荣誉给他，殊不知埃涅阿斯的母神维纳斯出手相助，去到克里特岛的伊达山采来草药和仙露，医好了埃涅阿斯的伤。埃涅阿斯重返战场，鲁图里亚人大为惊慌，谨遵停战协议的埃涅阿斯一心追击图尔努斯，和他进行决斗。茹图尔娜扮成图尔努斯的驭手，试图引开图尔努斯，拖延他应战的时机。两军混战，死伤无数。特洛伊人围城，阿玛塔王后自缢身亡。茹图尔娜劝图尔努斯不去应战未果，图尔努斯意识到天神已经放弃他，朱庇特与他为敌，只剩下女仙茹图尔娜无力地诱骗他在阒无人迹的草原上追逐胜利的幻象。负伤的队友骑马前来唤醒了他，告诉他拉丁姆城战况，图尔努斯感到惊愕，"极度的羞愧夹杂着疯狂和悲痛，爱被复仇的激情冲击"①。他决意赴死，接受命运的残酷安排。图尔努斯冲向战斗中心，叫鲁图里亚人和拉丁人放下武器，由他一个人去补偿撕毁和约的罪行，面对和埃涅阿斯的决斗。在决斗中双方均遭遇到不可预测性事件，如图尔努斯发动攻击的时候，他的刀背叛了他，断了；埃涅阿斯的长矛深深地扎在树桩上，无法拔出。诗人将这些不可预测性归结为神的参与，后来维纳斯把那矛从树根深处拔出来，朱诺授意茹图尔娜变作驭手模样把图尔努斯的宝刀带给他。

奥林匹斯之巅的朱庇特劝阻朱诺，让她收手不要再帮助胜利无望的图尔努斯，拖延他的死期。朱诺决定放手，并请求在特洛伊人与拉丁人结盟、通婚、创建罗马的时候，不同化后者，拉丁人可以保留他们的民族、语言和服饰，让罗马民族靠意大利人的品质强大起来。朱庇特同意了，同朱诺达成和解，随后便派遣一名凶神扮成枭鸟降落人间，喝退茹图尔娜。战场上，埃涅阿斯用言语激将图尔努斯，图尔努斯回答他，这番傲慢的大话丝毫恫吓不了他，他只怕天神和朱庇特的敌意，埃涅阿斯刺中他的大腿，图尔努斯求饶，埃涅阿斯犹豫间看见图尔努斯肩上佩戴帕拉斯的战利品，大怒，一刀刺进他的胸膛，将其杀死。

三、秩序的反面

图尔努斯的悲剧同样具有神与人两个层面的原因。在天神方面，同狄多一样，图尔努斯是神魔附体的牺牲品，他有个人意志和清醒的理智，对于年迈女祭司的言语挑唆充耳不闻，不为其所动摇心智。复仇女神便用巫术激起青年国王的嫉妒与愤怒。谨遵伊利斯女神降下的祥兆发

---

① 维吉尔. 埃涅阿斯纪 [M]. 杨周翰，译. 上海：上海人民出版社，2016：408.

动攻击，不也是一种对天神的虔敬吗？赛维乌斯在《训诂传》中解释《埃涅阿斯纪》中多次出现的"命运"（fatum）一词时，就定义为"神之所言"（quae dii loquuntur），将命运等同于神的筹划和安排。① 严格来讲，唯有朱庇特的意志可以凌驾于诸神之上，等同于命运的安排。维吉尔在史诗中很大程度地改良了希腊神话，史诗中的众神之父，不再是专横、暴虐、充满七情六欲、行径淫乱的宙斯，高度道德化了的朱庇特拥有罗马人典型的威严与持重的品性，气度从容、安详而仁慈，他带给人的不是恐惧，而是敬畏。朱庇特出场后，维吉尔仿效荷马史诗情节，安排他接受一位女神的哭诉与哀告——维纳斯为她的人间之子、罗马英雄埃涅阿斯遭遇的哭诉。维吉尔如此描写朱庇特的反应：

> 人类与众神之父颔首微笑，
>
> 他的笑容能使天空晴朗，风暴平息。②

德国学者波斯科尔（Victor Pöschl）认为此处的拉丁语"serenat"（晴朗、澄明）是维吉尔赋予众神之父崇高品质的显现，"serenat"指晴朗天空；气定神闲、从容、安详的神态。维吉尔安排仁慈、安详的朱庇特现身，将秩序和安宁重新带回人间。"与其他诸神相比，朱庇特不仅代表更高的权能，还体现为一种更高妙的存在。宙斯比其他神灵强悍，朱庇特则更加崇高。"③《埃涅阿斯纪》中的朱庇特是命运的化身，他的意志等同于命运的安排。其他诸神却大不相同，他们只谋求个人目的。朱诺与埃涅阿斯为敌，对特洛伊人充满无理性的愤怒，是迦太基人

---

① THILO G, HAGEN H. Servii Grammatici Qui Feruntur in Vergilii Carmina Commentarii, vol. 1 [M]. Leipzig：Teubner, 1881：224.

② 维吉尔. 埃涅阿斯纪 [M]. 杨周翰，译. 上海：上海人民出版社, 2018：47.

③ Victor Pöschl. The Art of Vergil [M]. Michigan：The University of Michigan Press, 1962：17.

的保护神；维纳斯则设计保护自己的人间之子埃涅阿斯，手段不乏残忍与冷漠；海神涅普图尔努斯（Neptunus）在意的是他在海上的霸权；地母库伯勒（Cybele）关心的是她林中生长的柏树以及用它们编织的船队；狄亚娜（Diana）关心她喜欢的女战士卡密拉。他们不能阻止或逆转命运，却尽其所能地尝试行动，神为了一己之私盲目角逐，导致了很多偶然性事件，不乏悲剧性事件，成为维吉尔史诗中悲剧性人物"牺牲"在天神层面的祸首。诸神有等级之分，奥林匹斯主神（朱庇特、涅普图尔努斯、朱诺、维纳斯）可以遣使其他低级别的神，如史诗开卷朱诺命令风神埃俄路斯（Aeolus）吹起暴风雨，维纳斯派小爱神丘比特向狄多的心窝吹入爱火。当主神不参与时，这些低级别的神的意志就决定一切，如史诗结尾的决斗中，图尔努斯祈求劳伦图姆的林神法乌努斯死死地钳住埃涅阿斯掷在树桩上面的长矛，女仙茹图尔娜变幻成驭手引图尔努斯进入胜利的幻象等。这些为私利和私欲驱使的神灵有时十分恶毒，如朱诺制造暴风雨、用恶神挑起矛盾与争端、煽动妇女烧船、激起拉丁人与特洛伊人的战火；有时并不带来直接伤害，对人间事物却显得十分冷漠，如维纳斯用法术向狄多吹入爱火，她深知这种感情没有结局。诸神在处理人间事物时，似乎显得不负责任、冷漠无情，如前文所述，《埃涅阿斯纪》中多次出现"命数"，它被描述成诸神乖戾行为的生成力量，以及命运离奇怪诞的展开方式。这体现了维吉尔所处时代对超自然力量的普遍看法，图尔努斯和狄多都是罗马建城使命上"无辜"的牺牲品。

在人的层面，图尔努斯的悲剧性同样是难辞其咎的，他和狄多都具有性格上的缺陷，图尔努斯突出的特点就是易怒的性情，全诗有五次用violentia（暴烈）来形容图尔努斯，另一个拉丁词语 furor（狂热、暴怒）更是反复用来形容两人，用在狄多身上十多次，用在图尔努斯身上六次。西塞罗曾经在抨击安东尼（Antonio）的演说词《马克·安东尼之暴躁》中频繁使用维吉尔在史诗中用来形容图尔努斯和狄多的这两个拉丁词语——violentia、furor，令人想起罗马内战中那些带来毁灭的狂热情绪。可以说，内战结束后，在奥古斯都新政的有序引导下，失控的愤怒和狂热的暴力风气被有效地遏制住了，正如史诗卷一朱庇特所预言："战争将熄灭，动乱的时代将趋于和平，骚乱之神将坐在一堆残酷的武器上，两手反背，用一百条铜链捆住。"[①] 取而代之的是罗马和平的福祉，以及维吉尔在《埃涅阿斯纪》中全力建构的新秩序和新人类的代表：罗马英雄埃涅阿斯的虔敬（pietas）、克己和仁慈。贺拉斯在维吉尔死后几年，在《颂歌集》中对此表达感激之情。另外，图尔努斯在战事关键时刻被狂热的激情冲击、行事缺乏理性，意志力排除在理性之外，多次与胜利失之交臂。卷十一骁勇的骑兵战死，部队覆灭的消息使图尔努斯燃起失控的怒火，他疯狂行事，撤离要塞，缺乏自制力的图尔努斯再一次与胜利失之交臂。不容忽视的还有，图尔努斯是维吉尔笔下的"superbus"（骄横者），维吉尔研究学者劳埃德（Roberto. B. Lloyd）考察了《埃涅阿斯纪》中的"superbus"，总结得出这个拉丁词语在全诗共出现过 37 次，其中一半以上用在特洛伊将领蔑视嘲讽敌军将领。而且，"superbus"所修饰的敌军将领像被诅咒一般，大都即将迎来命归西天的歹运[②]，由此推论认为在《埃涅阿斯纪》中骄横和傲慢的特质是死亡的先兆；应和了卷六安契西斯在冥府中的父训"宽宥臣服者，征服傲慢者"[③]，显然傲慢和骄横的特质也是维吉尔配合奥古斯都新政，全力建构的新秩序的反面。骄兵必败，图尔努斯的失败是自身性格上的缺陷所致，也是一种历史进程的必然。

---

① 维吉尔.埃涅阿斯纪［M］.杨周翰，译.上海：上海人民出版社，2016：48.

② LLOYD R B. Superbus in the Aeneid［J］. The American Journal of Philology, 1972, 93 (1): 125-132.

③ VIRGIL. The Aeneid［M］. Middletown：Neptune publishing, 2019: 344.

四、英雄德行与诸神意志

荷马笔下英雄的塑造都是基于诸神与人的分离事件，建立在诗人对凡俗生活短暂易逝与必朽的认识之上，维吉尔师承荷马，塑造了具有"虔敬"品质的罗马英雄。本章从维吉尔对荷马式英雄及卢克莱修哲人英雄的接受与修正出发，分析罗马英雄埃涅阿斯"虔敬"品质的荣辱得失及其对传统英雄品质的效仿与扬弃，维吉尔如何将埃涅阿斯塑造成一位对神意和命运顺从、忍受磨难的民族英雄，这正代表基督教崇尚的"谦卑"，可见希腊罗马传统和基督教在根基上存在统一性和连续性。

维吉尔的这部史诗颂歌与其效仿的荷马史诗最明显的不同点在于基调，荷马史诗是乐观、勇武、率直以至凶狠的，而后者充满疑虑不安、悲天悯人以至忧郁，他对奥古斯都的事业、对罗马帝国的未来有怀疑，艾略特认为①这首史诗是"古典作品"的标本，因为它有两个特点：历史感和思想的成熟。丁尼生（Tennyson）的《致维吉尔》一诗中提道："人类不可知的命运使你悲哀，在你悲哀之中有着庄严。"②

荷马在《伊利亚特》中对英雄气概的塑造根源于诸神与人的分离事件③，诸神永远享有他们的力量和愉悦，人类的生与死却如同树叶的荣枯。黑铁时代人类的生存现状是怀抱着崇高的对永恒力量与愉悦的向往，自身却脆弱、渺小、无法治疗，这种本质上的冲突成为人类生活意

---

① ELIOT T S. What is a Classic？[M]. London：Faber & Faber Press，1945.

② 丁尼生．丁尼生诗选［M］．黄杲炘，译．北京：外语教学与研究出版社，2014：296.

③ 提坦神克洛诺斯创造了黄金族群的人类，他们远离死亡和衰老，与天神共享一切美好的东西，大地自然产出甘甜的果实，那时的人们无须劳作，没有忧愁和劳累，后来，经历了斗转星移、万物更替，奥林匹斯神宙斯创造出了第五代人类黑铁种族，信奉强权和暴力，罪恶加身不知道畏惧神灵，终日被劳累、烦恼和死亡所关照，与天神永远地分离。

义的悲剧真相。荷马在《伊利亚特》中对英雄品质的塑造是建立在这样的万物本性认识论基础之上的，我们可以从古典文献中找到印证，以《伊利亚特》卷六格劳科斯①的话语片段为例：

> 凡人的生活啊，就像代生的树叶一样，
>
> 当秋风吹扫，把枯叶刮落地上，
>
> 然而当春的季节回临，新叶又会重绿树干生长。
>
> 人同此理，新的一代崛起，老的一代死亡。②

阿喀琉斯英雄品质的塑造是建立在诗人对凡俗生活短暂易逝的本质理解之上的，表现为毫不妥协地拒斥人类如寂寂落叶一般的凡俗存在，拒斥既定的命运，阿喀琉斯对不朽荣耀的追求，也就是对人类如草木一般存在的命运的拒绝。从中我们可以解读到：为万物本性所规定的人类局限，似乎不过是因为至今没有人有足够的胆魄来尝试突破它，怀抱必死的决心，以勇武之力与它一较高下，由此，阿喀琉斯通过卓绝的努力，尝试突破人类局限，以期进入诸神的领域，获得不朽的荣耀。学者阿德勒对《伊利亚特》中英雄的解读为："存在某种令人接近神的体验，英雄拒斥凡俗，超越了自身和平常人的局限，成为某种接近于天神的人，分享了诸神的力量和愉悦，因此，不朽的荣耀虽然是第二好的事物，但对不朽荣耀的追求却可能使英雄在自己的生命中体验到最接近于

---

① 阿凯亚人希波洛克斯之子，萨尔佩冬的助手和朋友，也是鲁基亚人的首领，可参见荷马. 荷马史诗·伊利亚特［M］. 罗念生，王焕生，译. 北京：人民文学出版社，2014：60.

② 荷马. 荷马史诗·伊利亚特［M］. 罗念生，王焕生，译. 北京：人民文学出版社，1994：146-149.

神的状态。"①

　　阿喀琉斯无畏的勇气与过人的胆魄固然可以成就一种战场上的史诗英雄，可是，对于必然性的拒斥在智识层面并不能彰显其优势，反倒是一种缺乏审慎与思虑的表现，荷马或许也认识到这一点，同样建立在诗人对凡俗生活短暂易逝与必朽的本质认识基础之上，在《奥德赛》中荷马将奥德修斯塑造为一位接受凡俗生活缺陷，并且固守凡俗之人本来面貌与状态的英雄。英雄最高的期望就是回家。

　　奥德修斯所珍视的是凡俗世界中的属己之物：自己的城邦、家庭和妻子。奥德修斯拒绝与"神女中的女神"卡吕普索（Calypso）共享天神的愉悦，而选择在海上漂泊十年，饱尝苦难，重返家园。在荷马的时代，《奥德赛》成就了荣归故里、凯旋的伊塔卡主人、多谋的英雄奥德修斯，他战胜了特洛伊人，返回故乡，恢复王位，与儿子相认，战胜求婚者，追回自己的财产。

　　维吉尔看到荷马对英雄的塑造建立在将自然本性完全依托于诸神的意志之上。《埃涅阿斯纪》卷一末尾的约帕斯之歌，歌唱日月星辰的运转，人类及百兽的起源，自然万物的此消彼长，诗人借长发约帕斯之口表达了其万物本性的宇宙观、生死观及灵魂观。维吉尔是卢克莱修《物性论》的拥趸，其中的克里纳门原子论及"无物能从无中生，无物能归于无"的论点成为古罗马文学中最早的启蒙，卢克莱修塑造的哲人英雄伊壁鸠鲁通过对世界及万物本性的认识，打破了宗教在人心中设置的壁垒，消解了人们对死后灵魂受刑罚的恐惧，教诲人们真正的幸福是一种内心的平静。而荷马塑造的两位英雄都在万物本性的认识论层面怀有对死亡及死后灵魂受刑罚的恐惧。在卢克莱修式英雄的关照下，奥

---

① 阿德勒. 维吉尔的帝国《埃涅阿斯纪》中的政治思想［M］. 王承教，朱战炜，译. 北京：华夏出版社，2012：305.

德修斯的凯旋就黯然失色了。卢克莱修式英雄用揭示万物本性启蒙的方式向我们解释，为什么人们不可能变成不朽的诸神，死后灵魂不会在阿克戎受刑罚或凄惨地生活，以及在对凡俗生活的热爱中寻找幸福也只是自我欺骗罢了。

　　然而，卢克莱修式英雄——哲人伊壁鸠鲁又具有明显的形而上的流弊，伊壁鸠鲁认为：可以使民众主体转而仿效哲人来推进人类的福祉。然而，这种哲人少数派的幸福在实践层面具有明显的局限性，维吉尔接受卢克莱修式英雄的万物本性论，同时深刻地意识到卢克莱修对于人类本性认识的理想化，在《物性论》的解说中，世界仅有三个部分：苍穹、陆地、海洋。荷马史诗中用于惩罚和压制黑暗力量的第四部分冥府并不存在。诗人善意地认为理性可以克制这种毁灭的本能，卢克莱修显然低估了人类本性中复杂而充满力量的本能，毕竟只有少数人是哲人，而卢克莱修式英雄大众化的结果是：只有少数人能完成哲学思辨，善用万物本性论；大多数可怜的民众虽通过效仿哲人英雄伊壁鸠鲁消解了对死后灵魂在阿克戎受罚的恐惧，即消除了对鬼神的敬畏，却并不能善用思辨，真正了解万物本性。维吉尔指出，唯有通过对虔敬的建城者的仿效，民众主体才能达到他们切实的、适宜的幸福，在民众主体福祉的基础之上，哲人形而上的、特别的幸福才能得到保障。维吉尔在接受卢克莱修式哲人英雄的基础上，修正了其形而上的缺陷和实践层面的局限性，认为人类福祉需要建立在安定的生活、优良的城邦体制，以及民众安居乐业的基础之上。诗人需要教化百姓仿效虔敬的建城者。至此，维吉尔将《埃涅阿斯纪》在奥古斯都文人赞助体制下的政治颂歌功能与诗人自己创建有益于罗马社会伟大时序的理想完美地结合起来。

　　埃涅阿斯"虔敬"的罗马英雄品质是在诗人对荷马史诗传统英雄品质的效仿与背离的扬弃之中逐渐实现的。从特洛伊城覆灭的夜晚起，埃涅阿斯在神意的引领下，走上了一条违背本心与个人意志，背弃传统英雄品质的未知路，开启了与荷马式英雄决裂的进程。在特洛伊城覆灭的夜晚，埃涅阿斯处于一种极度需要在激烈的战争中牺牲自我的境地，赫克托尔却出现在他的梦中，告诉他不要上战场，而要逃跑。埃涅阿斯一次次地试图坚持自己的立场，表现得像个英雄，准备好以身殉国成大义，但一次又一次地失败了。埃涅阿斯站在普里阿摩斯王宫殿的屋顶，无意间看见躲藏在维斯塔神庙的海伦，埃涅阿斯想要斩杀这罪人以泄私愤时，维纳斯以庄重慈祥的母神形象出现，阻止了他，女神并没有像《伊利亚特》中雅典娜女神以个人的请求阻止阿喀琉斯那样，而是向他揭露：将富庶的特洛伊引向覆灭的不是海伦罪恶的美貌，或是应受责备的帕里斯，而是神意。面对这些势不可当的力量，个人意志和情感没有立足之地。埃涅阿斯必须服从命运和神意，顺应这超出他理解和控制的更强大的力量。

埃涅阿斯最失去英雄主义主张的情节是卷四狄多的插曲。维吉尔将迦太基女王狄多与埃涅阿斯的爱情归为神祇的阴谋，狄多帮助遭遇海难的特洛伊后裔重建舰队，爱情无果，最终羞愤自杀。诗人把狄多塑造成一个悲剧女英雄，而埃涅阿斯则是一个无耻的逃兵。后者只能通过强调他的意愿从来不是由他自己来道歉。他说："如果命运允许我按自己的意志安排生活，我不会离开伊托城来到这里。"[1] 他的意思是"追随意大利不是我自己的选择"。在卷六中，埃涅阿斯游历冥府遇见狄多，他请求宽恕，狄多转身离去，维吉尔此处运用互文的形式重现了文本前情，在《奥德赛》卷十一中，奥德修斯遇到一个比他更伟大的英雄阿贾克斯（Ajax），诗人通过回忆奥德修斯因阿贾克斯的沉默而蒙羞的场景，加强了这一场景在我们心中塑造的情感。

卷一埃涅阿斯一行人流浪到迦太基时，惊奇而艳羡地观看迦太基建

---

① VIRGIL. The Aeneid［M］. Middletown：Neptune Publishing, 2019：136.

城的忙碌景象，在神庙里看到描绘特洛伊战争场景的壁画时，"埃涅阿斯贪婪地把盛幻的图像印入人心"（杨周翰译文）。"inani"在文中多次出现，拉丁语意为"空虚、空洞、徒劳无效"，相对于"盛幻"，此处更多是指空洞与空虚的意思，维吉尔想要表达的无疑是创建罗马背后的沉重代价，个人价值、个人情感及英雄品质的沦丧。在卷四中，埃涅阿斯诀别狄多时，"意志坚定不移，眼泪却徒然地流着"，此处埃涅阿斯的情感与意志背道而驰，表现出他对个人情感的压抑。"inani"的多次出现也为诗歌增添了一种悲悯的基调，诗人对于人类行为局限性及人类背负苦难命运的哀叹，体现了一种文学与艺术上的空虚感。卷一历经海上漂泊的磨难之时，埃涅阿斯告诉他的部下："也许有一天我们回想起今天的遭遇甚至会觉得很有趣。"意思是，当伟大的目标最终以某种方式实现时，现在的痛苦，回想起来会显得弥足珍贵。英国学者阿兰·德波顿在《艺术的慰藉》一书中论及，"在艺术的种种用途中，一项重要的功能便是教导我们以更成功的方式承受苦难"①。文学与艺术能够以充满尊严的方式呈现人生悲苦，将个人的悲伤经过心理过程的转化，升华为崇高美好的事物，呈现为一种宏伟而无所不在的感情，一种社会性的表达，文学与艺术的功能是给痛苦本身以价值，诗人对罗马英雄、"虔敬"的埃涅阿斯忍受磨难之心灵的描摹是史诗文学性与艺术性更高的体现。

在《埃涅阿斯纪》中，埃涅阿斯的个体命运与个人意志被神意、命运、无止境的磨难等强大力量裹挟与撕扯，而埃涅阿斯被剥离于对自己所参与的史诗叙事的知晓之外。相对于荷马史诗中英雄的仗义执剑、杀身成仁，维吉尔史诗《埃涅阿斯纪》所呈现的是英雄逐渐失去成为

---

① 阿兰·德波顿，约翰·阿姆斯特朗. 艺术的慰藉［M］. 陈信宏，译. 武汉：华中科技大学出版社，2019：26.

英雄的血气，而服从于更强大的力量——神意。埃涅阿斯的一切行动都是为了建立罗马，英雄的血气及个人的幸福（以身殉国成大义、杀死海伦泄私愤、停止无止境的海上流浪、狄多的插曲等）必须经过斗争而牺牲掉，埃涅阿斯是维吉尔基于罗马社会理想塑造的"以虔敬而闻名的人"（insignem pietate virum）①，诗人笔下的"虔敬"意为：对神意的服从，以及与职责的奉献相结合的爱。《埃涅阿斯纪》是一部立国史，维吉尔意图建立一个全新的更伟大的秩序（maior rerum ordo），在这种更高的善与秩序中，"虔敬"的埃涅阿斯是新人类的代表。因而，他不像荷马史诗中的英雄那样杀身成仁，相反，他必须泯灭个性，忍受着无止境的磨难，应许之地的海岸总是在他们行人登岸时向远处退去。诗人将罗马崇高的建国伟业与埃涅阿斯忍受磨难的心灵并置，将埃涅阿斯塑造成一位为了建国伟业而泯灭人性、忍受磨难的民族英雄，同时突出表现人类忍受痛苦的能力，成就了与荷马式英雄殊途的另一种史诗英雄，这正是这部史诗悲壮与涤荡人心的部分。

史诗前半部分，海上流浪的埃涅阿斯是以奥德修斯为原型的，奥德修斯忍受苦难的漂泊之旅构成了埃涅阿斯自我身份认同的一部分。不同之处在于，奥德修斯追寻家园伊塔卡的归途，埃涅阿斯追寻西土——安置家神、重建家园的意大利海岸。对于苦难的描摹与忍受，维吉尔也将奥德修斯对苦难的认知与应对深深地内化在埃涅阿斯的自我身份认同中。苦难被描摹为人生旅途的主要基调。奥德修斯为了返回故乡、追回伊塔卡王位、与儿子相认、战胜求婚者，需要直面大自然的强力、天神的愤怒、命运的无常，而埃涅阿斯为了寻找西土又何尝没有体尝个中滋味。这部罗马史诗的成书年代为公元前 20 年左右，罗马内战结束，奥古斯都战胜了政敌安东尼与埃及艳后克娄巴特拉（Cleopatra）的联盟。

---

①　VIRGIL.. The Aeneid［M］. Middletown：Neptune Publishing，2019：6.

史诗是对奥古斯都新政的歌颂，从历史身份认同的层面上讲，埃涅阿斯是罗马建城者奥古斯都，这在许多片段中都有影射，如卷三埃涅阿斯一行人沿着希腊西海岸航行，在阿克兴①停了下来，那里有一座阿波罗神庙，他们祭了神，在阿克兴海滩上举行运动会，埃涅阿斯把从希腊人那儿夺过来的战利品拴在神庙门上，附题词："希腊胜利者之武器。"② 这处细节的描写看上去与整体有些脱节，细读似有言外之意，结合历史史实我们便可以发现诗人的藏头，罗马内战缘于政治同盟三人执政团③的罅隙，前31年夏天开始的内战，安东尼被埃及艳后克娄巴特拉蛊惑，为讨好后者选择了不擅长的水战，兵败于希腊北部要塞阿克兴。④ 奥古斯都则喜欢将自己与日神阿波罗联系起来；此外，希腊胜利者指安东尼的军队，安东尼从东地中海征募大量军队，东地中海的富庶之国都是他的诸侯国，安东尼的帝国领域从幼发拉底河与亚美尼亚延伸到爱奥尼亚海和伊利里亚；奥古斯都的势力范围，从伊利里亚向西直到大洋，再从那里扩展到托斯坎海和西西里海，因此，维吉尔用位于帝国东部的希腊来指代安东尼的军队，埃涅阿斯将希腊战利品奉献给安东尼的军队预示了奥古斯都在罗马内战的大捷。维吉尔在此处设置了一种双重与悖驳的历史身份认同：在《埃涅阿斯纪》卷四埃涅阿斯与迦太基女王的爱情插曲一章中，埃涅阿斯是误入歧途的安东尼，在女王的求婚者雅尔巴斯王对埃涅阿斯一行人轻蔑的描述中可以看到这种影射："这个帕里斯式的人物头戴一顶特洛伊便帽，帽耳扣在下巴下面，头发上还抹了香油，

---

① 希腊北部的阿卡纳尼亚地区的一个海岬名叫阿克兴，位于安布拉西亚海湾的入口，是兵家必争的要塞。
② 维吉尔. 埃涅阿斯纪 [M]. 杨周翰，译. 上海：上海人民出版社，2018：106-107.
③ 公元前43年10月底，安东尼、雷比达和奥古斯都在波诺尼亚境内雷诺河上的一个小岛集会，达成协议成立三人执政团。帝国如同祖传的产业被三人瓜分。
④ 普鲁塔克. 希腊罗马名人传 [M]. 席代岳，译. 长春：吉林出版集团有限责任公司，2017：1679-1685.

跟着一帮柔弱的随从。"这种亚细亚的行头与当时安东尼和克娄巴特拉的形象十分相似，这种轻蔑的口吻也像极了奥古斯都为鼓舞罗马士气而刻意打造的颓靡东方军队的口吻。下文朱庇特派遣神使麦丘利去警告埃涅阿斯，不要忘记他的使命而在迦太基乐不思蜀，朱庇特愤怒地说道："他想做什么？待在一个敌对民族里不走，他不想想阿斯卡纽斯的子子孙孙和拉维尼乌姆的田野吗？如果他自己不肯努力去赢得赞美，难道作为父亲他就吝啬得不肯让他的儿子阿斯卡纽斯统治罗马的城堡吗？"结合史实，三人执政团将罗马帝国分为东、西两个割据势力，驻守东地中海的安东尼受到克娄巴特拉美色蛊惑丧失理智，为巩固后三头的稳定，奥古斯都将同父异母的姐姐屋大维娅嫁给安东尼，成为他的第二任妻子，不久安东尼便与擅长蛊惑的克娄巴特拉重修旧好，在亚历山大里亚乐不思蜀，背弃妻子及三人的联盟①，维吉尔借朱庇特之口说出："他想做什么？待在一个敌对的民族里不走。"重现的是奥古斯都对逗留敌国的安东尼的愤懑与不满；"阿斯卡纽斯的子子孙孙"指奥古斯都及罗马人民；安东尼是凯撒的亲信，奥古斯都是凯撒外甥女的儿子，凯撒的法定继承人，凯撒被刺后，其朋友和部下一致拥护安东尼，凯撒的全部文件和大部分财产落入安东尼之手，从希腊返乡的奥古斯都作为凯撒遗嘱的执行人，被空置和嘲弄。此处"难道作为父亲，他就吝啬地不肯让他的儿子阿斯卡纽斯统治罗马的城堡吗"显然影射的是作为父辈的安东尼空置奥古斯都帝国继承人权力的历史。狄多是克娄巴特拉，罗马的公敌。卷四中与狄多热恋的埃涅阿斯似是安东尼，到卷四末尾，我们发现埃涅阿斯最终是奥古斯都，为罗马失去了爱和荣誉。历史的进程被

---

① 安东尼安置在维斯塔女祭司庙中的遗嘱不慎泄露，引起元老院的哗然，安东尼将亚细亚大部分地区以及在阿拉伯半岛的纳巴萨等全部纳入克娄巴特拉的版图，死后遗体需运送到亚历山大里亚。奢豪的馈赠使罗马人极为不悦，元老院宣布其为罗马的公敌。

认为是不可避免的，维吉尔研究的哈佛学派①认为埃涅阿斯在这种双重与悖驳的历史身份认同中最终选择了建功伟业而沦丧了人性中的某些可贵品质，如个人的忠诚、爱情与自由，整部史诗讲述的是一个长长的关于失败与丧失的故事，创建罗马所付出的沉重代价才是维吉尔真正要表达的题旨。这种悲观的观点有其学术渊源，但是过多地强调个人价值，以及个人价值与民族价值的对立。我们需要用作品所处时代的眼光和思维体系来审视和解读作品。维吉尔说他讲述的是"战争和人"的故事，战争是一种群体行为，而人则是埃涅阿斯、阿斯卡纽斯、图尔努斯等的个人价值，这部史诗中对个人价值的肯定透露出早期人文主义的意蕴，对战争群体行为的叙述及埃涅阿斯所背负的罗马使命则提供了一种民族价值，前期民族价值的实现需要个人价值做出牺牲，但两者并非哈佛学派论及的非此即彼的紧张关系，更多的是一种共生共荣的关系，最终民族价值的实现会带来个人价值的全面实现。当我们重回经典，维吉尔早期作品中保留的前古典时期融合未分化的智慧，"战争和人"的故事体现的正是前古典时期统一融合的思维体系，作为新人类虔敬的建城者与自我沦丧者的埃涅阿斯体现的正是这种古典理性的一体两面。

　　民族价值与个人价值的交互之维谱写出了广博的史诗谱系，同时，在这部广博的史诗谱系中，罗马英雄、"虔敬"的埃涅阿斯体现了诗人思想感情的矛盾与取舍。埃涅阿斯在重新觉醒的悲痛中所感受到的快乐是《埃涅阿斯纪》中最本质的矛盾，维吉尔的深刻在于将创建罗马帝

---

① 维吉尔研究在 20 世纪 50 年代形成两种学派，欧洲学派和哈佛学派，代表了乐观解读和悲观解读的对立，后者反对传统的乐观解读，否认《埃涅阿斯纪》通过描写最终胜利宣扬的文明与秩序价值，他们认为史诗表面讲述的是埃涅阿斯初创罗马及帝国荣耀，实际上表达的是悲观的论调，讲述的是一个长长的关于失败与丧失的故事，政治成功的阴暗面和创建罗马所付出的沉重代价才是维吉尔真正要表达的东西。史学家卡伦多尔夫（Craig Kallendorf）指出，哈佛学派的根源可以追溯到文艺复兴时期。

国的荣耀与人类忍受痛苦的心灵并置，前者固然是史诗凯歌高唱的主线，后者却是《埃涅阿斯纪》文学性与艺术性更高的体现，这两条线索并进，形成了两种基调、两种声音，埃涅阿斯创建罗马的宏伟成就是一项历史创举，而他忍受痛苦的心灵则是维吉尔对人类行为局限性及人类背负苦难命运的深深哀叹。维吉尔在荷马及卢克莱修的基础上，完成了全新的创作，塑造出了与荷马式英雄及卢克莱修式英雄殊途的另一种史诗英雄，"虔敬"的罗马式英雄埃涅阿斯的塑造表现出诗人溥世同仁的思想、悲天悯人的情怀以及古典理性的一体两面，同时，成就了经久不衰的罗马史诗的经典之作，多种维度可解读的古典作品之标本，正如丁尼生的诗作《致维吉尔》所述："人类不可知的命运使你悲哀，在你悲哀之中有着庄严。"①

---

① 丁尼生. 丁尼生诗选［M］. 黄杲炘，译. 北京：外语教学与研究出版社，2014：296.

第八章

卡图卢斯的迷宫叙事和维吉尔的解谜游戏

一、互文与边界

法国后结构主义学者茱莉娅·克里蒂瓦（Julia Kristeva）最早提出文本的互文性，她认为，"任何文本都是对另一文本的吸收和转化，任何文本的构成都是一些引文的拼接"①。因为在人类历史的进程、集体意识及潜意识的建构中，人类文明和思想的演进本是相通的，"文本从来就不是孤立的存在，而是与其他文本发生联系"②。学者盖瑟（Julia Gaisser）认为，卡图卢斯《歌集》第 64 首的一个基本特点是多重声音和多重视角的并置，其结构和意义就像是一座迷宫，多重声音和视角既来自诗歌故事中的不同人物和叙事声音，也来自不同的神话版本、传统诗学资源多部作品之间的对话与碰撞。这首诗歌融合了古希腊诗人阿波罗纽斯的《阿尔戈英雄纪》、欧里庇得斯的《美狄亚》、荷马的《伊利亚特》、罗马诗人埃纽斯翻译的《美狄亚》、罗马诗人阿奇乌斯悲剧等多部前辈诗人的作品。学者特雷尔（Traill）认为，这首诗呈环形结构。A（1~21 行），序曲；B（22~30 行），赞辞；C（31~42 行），凡间宾

---

① KRISTEV A J. Recherches pour une Sémanalyse [M]. Paris：Seuil，1969：146.
② 罗选民. 跨学科翻译研究 [C]. 北京：外文出版社，2006：51.

客到来；D（43~51 行），织锦的描绘；E（52~70 行），阿里阿德涅在海滩；F（71~123 行），回忆；G（124~201 行），阿里阿德涅的哀叹与诅咒；H（202~211 行），朱庇特应允阿里阿德涅的诅咒；g（212~237 行），埃勾斯的哀叹与命令；f（238~248 行），前瞻（忒修斯回到雅典）；e（249~264 行），阿里阿德涅在海滩；d（265~266 行），织锦的描绘；c（267~302 行），凡间宾客离开；b（303~381 行），赞辞；a（382~408 行），终曲。①

　　卡图卢斯《歌集》第 64 首在开篇和尾声分别引述了欧里庇得斯《美狄亚》神话的埃纽斯译本，"那些青年的翘楚，希腊的精英，怀着从科尔基斯取走金羊毛的渴望"，埃纽斯译本的开篇运用了黄金时代结束的意象，同时强调了阿尔戈号远航作为英雄时代开启的象征意象。紧接着，佩琉斯和忒提斯的婚礼中断了开篇阿尔戈号的航行，略显突兀地戛然而止，若将其视为一段"题外话"或在阿尔戈号航行中内嵌的一段希腊文本，会发现这段嵌入文本没有句号，诗歌就此再也没有回归到远航的正题。佩琉斯和忒提斯的相遇发生在阿尔戈号船员捕捉到涅柔斯（Nereus）的女儿们对这艘船惊讶的场景，卡图卢斯明显加入了自己的改动，首先，传统希腊神话里，佩琉斯与忒提斯的神人姻缘是宙斯所迫，而非远航途中的不期而遇；其次，佩琉斯与忒提斯的结合早于阿尔戈英雄的航行，据阿波罗纽斯《阿尔戈英雄纪》卷四记载，英雄们借助公主美狄亚的帮助，取得金羊毛返航途中，伊阿宋（Jason）的保护神赫拉请求忒提斯和其他涅柔斯的女儿们护送阿尔戈英雄们逃脱巨石与惊涛骇浪时，佩琉斯和忒提斯已育有一子，"尽管你的儿子渴望你的母

---

　　①　TRAILL D. Ring-Composition in Catullus 64 [J]. The Classical Journal, 1981, 76（3）: 232-241.

乳，但他现在正在马人克戎的住所由仙女们抚养"①；随后的诗行描述佩琉斯回忆"他在忒提斯于盛怒中抛下还是幼儿的出众的阿喀琉斯、离开自己的新房与床榻之后，就再也没有见过她"②；"翻飞的桨卷起浪花如雪"的描述是仿效阿波罗纽斯《阿尔戈英雄纪》卷一第 540 至 542 行，英雄们驾着雅典娜用神技编织的杰作启航，"用船桨击打喧嚣的海水，激起浪花飞溅，海水从波涛两边泛起白沫"。改动之处是一种叙述视角——"诸神视角"的缺失，在阿波罗纽斯的描述中，阿尔戈号的启航，是在诸神的注视下进行的，"所有的神明都在天国上看着这艘船和有着半神之勇力的英雄们，甚至从佩里翁山最高峰上眺望着的仙女们都对伊同的雅典娜的作品感到惊异"③。开篇这两处卡图卢斯式的改动共通之处是天神的缺席，著名的神人姻缘缘于阿尔戈号航行中的相遇，而非众神之父宙斯的命令；英雄们启航，而没有诸神视线的关注；对应诗歌发生在黄金时代的结束，以及新的英雄时代开启的设定。在希腊罗马神话、史诗等传统文学作品中，故事进展的主线及人物命运的跌宕都离不开神意，特洛伊的十年战争缘于女神的愤怒，埃涅阿斯海上漂泊是对神意的亦步亦趋，狄多的插曲亦是天后朱诺和维纳斯的安排，就连不幸的狄多对死去丈夫的遗忘也是小爱神的招数所致。天神的缺席意味着伦理秩序的混乱，是一种伦理意义的审视，也证明卡图卢斯已经开始对《美狄亚》开篇进行伦理重估。

---

① 阿波罗尼俄斯. 阿尔戈英雄纪 [M]. 罗逍然，译. 北京：华夏出版社，2011：810-812.

② 阿波罗尼俄斯. 阿尔戈英雄纪 [M]. 罗逍然，译. 北京：华夏出版社，2011：866-868.

③ 阿波罗尼俄斯. 阿尔戈英雄纪 [M]. 罗逍然，译. 北京：华夏出版社，2011：547-552.

紧接着，长达216行的婚床绣毯读画诗①（Ekphrasis）承续了西方
文学史上最早出现的读画诗——《伊利亚特》卷十八跛足神赫淮斯托
斯（Hephaestus）用神技打造的盾牌。有趣的是，卡图卢斯笔下的绣毯
读画诗并未对画面本身进行渲染，而是借画中人物阿里阿德涅之口讲述
一个糅杂时空里发生在未来的故事，画中呈现的是帮助忒修斯逃出迷
宫，杀死牛头怪，一起出逃的阿里阿德涅被遗弃在迪亚岛时的情景。在
卡图卢斯环状结构的诗文叙事中，阿里阿德涅出现在佩琉斯与忒提斯婚
床的织锦图画上，维吉尔在《农事诗》卷四明显套用了这种巧妙的叙
事，将俄尔普斯冥府寻妻的故事内嵌于阿里斯泰的微型英雄史诗之中，
欧律狄克恰巧在逃离阿里斯泰的追逐时，被草丛里的蛇毒死。

　　《歌集》64首中长达两百行的绣毯读诗画中多次出现"怀抱""拥
抱""环绕""包裹"（complexum/cingentibus）等词语，为这首诗歌提
供了一个封闭的意象和清晰的边界："公主仍未脱离母亲柔软的怀抱"
（Lectulus in molli complex matris alebat）②，"可我为什么要离开最初的话
题，继续讲述这位少女如何抛下姐姐的拥抱"（Ut consanguineae）③，
"这是一座孤岛，被波浪重重包裹"（Nec patet egressus pelagi cingentibus
undis）④，"织锦上描绘的就是这些丰富的形象，它密密的褶拥抱着国
王的床"（Talibus amplifice vestis decorate figures Pulvinar complexa suo

---

① Ekphrasis，读画诗，也叫艺格敷词，即在以文字再现并改写视觉图像过程中，所揭
　示的文字艺术与视觉艺术之间的互文关系，也可以理解为赋予沉默艺术品声音及语
　言的特质。
② 卡图卢斯.卡图卢斯《歌集》：拉中对照译注本［M］.李永毅，译注.北京：中国
　青年出版社，2008：227.
③ 卡图卢斯.卡图卢斯《歌集》：拉中对照译注本［M］.李永毅，译注.北京：中国
　青年出版社，2008：230.
④ 卡图卢斯.卡图卢斯《歌集》：拉中对照译注本［M］.李永毅，译注.北京：中国
　青年出版社，2008：236.

velabat amictu）①。迷宫是一个封闭的空间，描绘阿里阿德涅的著名片段则更加精确地演绎了严肃文学中一贯秉持的封闭性与稳定性的重要性：

> 米诺斯的女儿，用哀伤的眼睛远眺天际的他，她在痛苦的巨浪里跌宕！
>
> 不再让精致的头饰束住金色的发卷，不再让轻柔的衣衫遮住裸露的双肩，不再让光滑的带子缠住洁白的乳房。②

诗文的画面定格在阿里阿德涅外部特征的剥落与散乱，在文学性上，她似乎真的因为没有边界或框架来约束自己而支离破碎。阿里阿德涅内心的伤痛被外化出来，幻化成随时吞没她的阵阵巨浪，紧接着，诗人又提笔描述她内心的痛苦："可怜的少女，无止境的伤悲折磨着你。"③古典学者埃莱娜（Elena T）指出，这种分明的界限是一种叙事手法，分明的界限表明封闭和叙事框架的重要性，也是自我赋义和表达的一种方式，如果没有框架，作者的声音会被打散，让读者认为不是同一叙事来源④，而卡图卢斯在《歌集》64 首中对其的运用游刃有余，虽然多种互文资源穿插于文本之中，多种叙事声音和视角之间来回切换，并没有打散叙事的内在统一。互文有两方面的边界：一个是文本本身的边界，即文本的起始与结尾、提出的问题、给出的结论等；另一个是这首

---

① 卡图卢斯. 卡图卢斯《歌集》：拉中对照译注本［M］. 李永毅，译注. 北京：中国青年出版社，2008：245.

② 卡图卢斯. 卡图卢斯《歌集》：拉中对照译注本［M］. 李永毅，译注. 北京：中国青年出版社，2008：225.

③ 卡图卢斯. 卡图卢斯《歌集》：拉中对照译注本［M］. 李永毅，译注. 北京：中国青年出版社，2008：225.

④ ELENA T. Intratextuality, Greek and Roman Textual Relations［M］. New York：Oxford University Press，2003：120-121.

诗的互文边界。而这两方面在卡图卢斯《歌集》64首结尾的伦理谴责中有效地结合在一起，形成了一条稳固的伦理边界，以一种伦理谴责来回应卷首黄金时代结束背景下道德沦丧、世风日下的现状，意味着诗人重新考量人类罪行的发轫以及道德沦丧的深层探究。在古罗马的男权社会中，现代意义上的爱情观念还未诞生，古罗马人把爱情视为一种情感失控的病症，应受谴责①，古罗马人非常看重的是盟约、契约和誓言的神圣性，他们相信誓言女神的母亲是不和女神、侍女是复仇三女神，如果世人存心发假誓或违背盟约，她们将会代为惩戒。64首中多次出现"perfide"②（背叛），是诗人对忒修斯背信弃义行为的控诉，忒修斯因其背信弃义的行为遭受痛失亲人的惩戒，阿里阿德涅被遗弃于无人荒岛，似乎也是命运女神的安排，因为她背叛了自己的家国和亲人，为了非理性的爱情，拱手献上血亲牛头怪的性命，这种行为与弒子的悲剧女性美狄亚十分雷同，体现了古罗马人的价值观，即非理性的爱情对人伦及家国秩序具有强大破坏性，在英雄行为与爱情的内在矛盾中，违背盟约或誓言的行为同样是值得唾弃并且会遭受惩戒的。诗集其他内容中多次出现"foedere"（盟约、契约）及"fides"（忠诚），体现了诗人所代表的同时代罗马人的伦理价值观。64首开篇的阿尔戈号远航，作为黄金时代结束、英雄时代开启的象征意象，具有伦理谴责的意义，是卡图卢斯对传统诗学资源及希腊神话提出的一种原初之问，及对传统权威的质疑，也可以看作对传统叙事框架的一种反叛或挑战。

---

① 值得注意的是卡图卢斯与贵妇莱斯比亚（Lesbia）是不伦恋关系，而卡图卢斯所用词汇明显来自古罗马贵族男子的友谊伦理，诗人将这段不伦关系视为一种神圣的友谊，虔诚地维护，但是莱斯比亚并不能理解并付出对等的感情，诗人便将这种痛苦凝练成诗歌。

② "背信弃义的忒修斯"（perfide Theseu）三次出现在《歌集》64首被遗弃在迪亚岛上著名的独白里，分别出现在第132、133、173行。

二、迷宫叙事：文本的重复与折叠

代达罗斯（Deadalus）以精湛的技艺创造克里特迷宫，以困住米诺斯王国的牛头怪王子，《歌集》64首的迷宫叙事也就此展开。迷宫首先是一个封闭的空间，容纳着无数的褶皱和交叉点，体现为文本的重复与折叠。卡图卢斯这首诗中，佩琉斯与忒提斯的相遇和婚礼是叠加在另外两对悲剧恋人的记忆之上的——伊阿宋与美狄亚、阿里阿德涅和忒修斯。从神话编年史的角度梳理，佩琉斯与忒提斯的故事早于阿尔戈英雄的航行，忒修斯的故事则发生在阿尔戈号航行之后，一系列神话顺序如下：伊阿宋借助美狄亚取得金羊毛之后，对美狄亚始乱终弃，美狄亚报复伊阿宋后，逃到雅典并与埃勾斯（Aegeus）结婚，成为忒修斯的后母，忒修斯长大后远渡米诺斯王国，在阿里阿德涅之线的引导下，杀掉牛头怪，走出迷宫。有趣的是卡图卢斯完全打乱了神话编年史的顺序，打破了神话史诗的线性时间，在佩琉斯和忒提斯的婚礼绣毯上，呈现阿尔戈号的航行，以及遥远未来忒修斯与阿里阿德涅的故事。体现出诗人对神话和史诗权威性的质疑，自泛希腊化时期以来，神话史诗就已失去文化体系里的中心地位，不再有严肃地承载民族集体记忆之功能，而诗人对希腊传统诗学资源的借鉴与改写，已成为一种文学写作手法与游戏。

诗人用一种创新的、杂糅的虚幻时空打破了传统的线性叙事，使得这首诗的结构和主题呈现迷宫般的复杂与迂回，这首诗呈环形结构。A（1~21行），序曲；B（22~30行），赞辞；C（31~42行），凡间宾客到来；D（43~51行），织锦的描绘；E（52~70行），阿里阿德涅在海滩；F（71~123行），回忆；G（124~201行），阿里阿德涅的哀叹与诅咒；H（202~211行），朱庇特应允阿里阿德涅的诅咒；g（212~237行），埃勾斯的哀叹与命令；f（238~248行），前瞻（忒修斯回到雅典）；e（249~264 行），阿里阿德涅在海滩；d（265~266 行），织锦的描绘；c（267~302 行），凡间宾客离开；b（303~381 行），赞辞；a（382~408 行），终曲。①

　　结构与叙事复杂性的另一表现是多重声音和多重视角的并置，长达 200 行的婚床织锦图案的读画诗中，诗人借画中人阿里阿德涅之口讲述一个发生在未来的时空杂糅的故事。此时，叙事的声音和视角开始切换，由开篇引述象征黄金时代结束意象的阿尔戈号远航到讲述佩琉斯与忒提斯婚礼的匿名叙述者转变为画中人物阿里阿德涅，阿里阿德涅的独白长达 70 行。婚礼上织锦的读画诗描摹完，凡间宾客离场，让位给神，"命运女神们唱起了预言未来的歌"，卡图卢斯在此处也加入了自己的改写，在传统神话、史诗里，在婚礼上唱诵祝福歌的通常是文艺女神缪斯、太阳神阿波罗或半人马神克戎，诗人在此处改用命运女神唱诵预言之歌，对应诗歌开篇黄金时代结束，新的英雄时代开启的意象，表达了一种伦理、人性与命运的思考。命运三女神唱诵诡谲的预言之歌长达 60 行之多，她们"右手轻轻扯出线，一边用牙齿咬着线……编织经线纬线"②，此处，叙述的声音和视角切换为可怖的命运三女神，预言的是这对新人的儿子将以勇猛著称，阿喀琉斯将战胜特洛伊人，献祭的战利品③将见证他的终点。

　　上文所述的诸神视角的缺失同时意味着文本结构、叙事层面的混乱，迷宫般的复杂转弯和文本重叠。遮蔽掉全知全能的天神视角，诗人

①　TRAILL D. Ring-Composition in Catullus 64［J］. The Classical Journal, 1981, 76（3）: 232-241.

②　卡图卢斯. 卡图卢斯《歌集》：拉中对照译注本［M］. 李永毅，译注. 北京：中国青年出版社，2008：250.

③　波吕克赛娜（Polyxena），特洛伊王普里阿姆斯的女儿，在希腊联军围城之际，特洛伊人假意讲和，将公主波吕克赛娜许给阿喀琉斯为妻，攻城之后，阿喀琉斯的鬼魂要求将波吕克赛娜作为人牲献祭在自己的坟前。

将自己的声音和叙述结构化、片段化。这同时也呼应黄金时代结束、新时代开启意象的伦理内涵。这首微型史诗中相似模式的重复决定了其独特的互文特征，佩琉斯与忒提斯的相遇和婚礼叠加在对于伊阿宋与美狄亚悲剧故事的强烈回忆之上。第 50 行诗人展开婚床织锦图案长达 216 行的读画诗描述，讲述阿里阿德涅和忒修斯的故事，二人的出现叠加在佩琉斯与忒提斯这对新人的形象之上，两对恋人是如此相近，以至于无法分清楚哪一对儿是原型，哪一对儿是追随者。阿里阿德涅身上既有忒提斯的影子，也有美狄亚的影子，还有酒神狂女的影子，甚至当她控诉忒修斯的罪行时，可以看到诗人在她身上投射的伊阿宋的折叠影像，因为同伊阿宋在控诉美狄亚弑子的疯狂行径时用了相近的话语："什么样的母狮在荒凉的岩石下产了你；什么样的海怀了你，随浪花吐出你；什么样的险滩，什么样的崖岸生了你，你竟会用如此的报酬换取甜蜜的生活?"① 《歌集》是文学史上著名的爱情哀歌体诗歌的滥觞之作，其中 20 多首都与莱斯比亚（Lesbia）② 有关，有趣的是，被称为西方爱情诗歌源头的《歌集》，卡图卢斯在第 64 首中用三对叠加的悲剧恋人形象有力地揭穿了爱情固有的幻灭特质、悲剧性以及对固有秩序、人伦亲情的破坏性，爱情因其非理性，在古罗马时期是不被认可的，除非以婚姻等形式纳入家庭、社会秩序之中，如果结合诗人对莱斯比亚无妄的情感和无果追求的创作背景，不难发现，在阿里阿德涅和忒修斯身上投射着诗人与莱斯比亚的折叠影像。这种形象与身份的杂糅增加了解谜游戏的

---

① 卡图卢斯. 卡图卢斯《歌集》：拉中对照译注本［M］. 李永毅，译注. 北京：中国青年出版社，2008：234.

② 莱斯比亚是卡图卢斯在《歌集》中给情人起的名字，学者普遍认为，名字来源于诗人崇拜的希腊女诗人萨福，其出生地在希腊的莱斯波斯岛（Lesbos），诗中莱斯比亚的真名叫克劳迪娅，是一位比卡图卢斯年长十岁有余的贵妇，保民官克劳迪乌斯的姐姐。这是西方文学史上集中描绘一段恋情的诗集，也是西方爱情诗歌的源头。在其中的第 64 首中能读到诗人批判性地对这段有悖伦理纲常恋情的虚无性与悲剧性的思考。

难度，在读者看来，长达 200 行的绣毯读画诗如同忒修斯眼中毫无线索的克里特迷宫，只有阿里阿德涅之线才能襄助他走出谜团，然而，诗人并没有慷慨地给出阿里阿德涅之线，凡间宾客离场，天上的宾客到来，命运女神唱起婚礼颂歌，读者的困惑在命运三女神的预言赞辞中进一步被强化。

三、维吉尔的解谜游戏

维吉尔《埃涅阿斯纪》有效地帮助我们解锁了卡图卢斯 64 首中文本重复与折叠的谜题，学者埃莱娜认为，《歌集》64 中造船的神技与造迷宫的技艺之间有某种密切的联系与共鸣。"女神将缠绕的松木与弯曲的龙骨接合，亲手制造（inflexae）了一辆可以御风飞驰的战舰。"① 这里的女神是指雅典娜，也就是说《歌集》64 开篇，雅典娜用神技编织了阿尔戈号航船，在《埃涅阿斯纪》卷二中，诗人描述希腊人建造特洛伊木马，"他们用从雅典娜那里学来的神技，用杉木板编织（intexunt）马的两肋"②，"这匹用枫木板交织（contextus）制成的马做好"③；命运三女神唱诵的预言之歌长达 60 行之多，她们"右手轻轻扯出线，一边用牙齿咬着线……编织经线纬线"④。"编织（intexunt）"一词在卡图卢斯《歌集》64 首和维吉尔《埃涅阿斯纪》中重复多次出现，透露出其与迷宫构造、造船、造木马以及绣毯编织之间的内在联系。⑤ 卡图卢

① 卡图卢斯. 卡图卢斯《歌集》：拉中对照译注本［M］. 李永毅，译注. 北京：中国青年出版社，2008：218.

② VIRGIL. The Aeneid［M］. Middletown：Neptune Publishing，2019：74.

③ VIRGIL. The Aeneid［M］. Middletown：Neptune Publishing，2019：84.

④ 卡图卢斯. 卡图卢斯《歌集》：拉中对照译注本［M］. 李永毅，译注. 北京：中国青年出版社，2008：250-251.

⑤ ELENA T. Intratextuality，Greek and Roman Textual Relations［M］. New York：Oxford University Press，2003：131.

斯用命运三女神取代传统希腊神话史诗中唱诵婚礼赞曲的文艺女神与阿波罗，意在突出其手中纺线转动，编织命运的动作，从而将绣毯中隐含的编织主题与雅典娜用神技编织阿尔戈号航船以及迷宫的建造联系起来；而命运三女神手中的纺线与阿里阿德涅之线也交相呼应，轻柔、纤细而有力，"右手轻轻扯出线"，"用纤细的线引导曲折的脚步"①，前者编织命运本身，后者引导忒修斯曲折的脚步。

当希腊人的木马交织制好时，拉奥孔警告特洛伊人木马暗藏玄机，潜藏着诡计与危险，维吉尔用到"dolus"（诡计、阴谋、欺骗）、"error"（徘徊、迷路、错误），这两个词在卷六埃涅阿斯一行人抵达意大利，在库迈登陆，诗人描述阿波罗神庙庙门雕刻画的克里特迷宫时，重复出现，"inextricabilis error"（微妙的偏差，迂回曲折）②。可以看出，卡图卢斯《歌集》64首中迷宫的意象先入为主地印在维吉尔的头脑中，诗人重新将迷宫的意象塑造和表达出来，创作出一首"读画诗"。

忒修斯用纤细的线引导自己曲折的脚步（errabunda regens tenui uestigia filo）③。

代达罗斯教她用一根线引导他迷失了方向的脚步（caeca regens filo uestigia）④。

由此可以看出，维吉尔《埃涅阿斯纪》卷六关于迷宫意象的读画诗是在卡图卢斯《歌集》64首中迷宫意象的基础上创作而成，"特洛伊

---

① 卡图卢斯. 卡图卢斯《歌集》：拉中对照译注本［M］. 李永毅，译注. 北京：中国青年出版社，2008：231.

② VIRGIL. The Aeneid［M］. Middletown：Neptune Publishing，2019：288.

③ 卡图卢斯. 卡图卢斯《歌集》：拉中对照译注本［M］. 李永毅，译注. 北京：中国青年出版社，2008：231.

④ VIRGIL. The Aeneid［M］. Middletown：Neptune Publishing，2019：288.

木马"是维吉尔创作的另一个迷宫,"特洛伊木马"有两个层面的迷宫
特质:一是内部结构复杂,希腊人谎称木马是祭奠雅典娜的礼物,事实
上是他们赢得特洛伊战争的秘密武器,木马内部迂回曲折,暗藏玄机,
里面潜藏着希腊人的伏兵;二是难以捉摸的心理层面,敌人的花招防不
胜防,希腊人在维吉尔重现的特洛伊战争中狡诈取胜,诡计多端,"欺
骗潜藏在内心"(aliquis later error)①。

　　卷五埃涅阿斯为亡父举办周年祭礼的圣典仪式尾声,特洛伊少年分
成三队,表演马术,"据说从前在多山的克里特岛有一座迷宫,迷宫里
有一条曲折蜿蜒的小路,特洛伊少年盘旋的路线正如这座迷宫,他们又
像穿梭一样嬉戏"②。在这一片段中,诗人既描绘了一座迷宫,又描绘
了少年骑士以类似解谜的步伐在迷宫里穿梭。特洛伊少年穿梭的步伐,
作为庆典中的仪式,神秘而有序,呈现出一种编织的本质,在祭神仪式
中,少年的舞步传达出某种神意,诗人用笔墨编织神话传说、史诗巨制
之迷宫,少年用仪式舞步编织神意的迷宫,而有趣的是,这神意的迷宫
(少年舞步)在编织的同时便提供了解谜的路线。无论是荷马笔下的迷
宫,还是卡图卢斯、维吉尔笔下的迷宫,都具有两重性:一方面,展示
了艺术家对迷宫的回溯、再现;另一方面,也展示了置身其中的忒提斯
或特洛伊少年的解谜路线——"盘旋的路线",当作为仪式进行时,便
再现为迷宫。

　　普鲁塔克在《希腊罗马名人传》卷一的忒修斯篇中记载,忒修斯
从克里特营救出献祭用的七男七女返回的途中,在提洛斯岛停泊,在岛
上的维纳斯神庙献祭,将阿里阿德涅留给了她的保护神,并与一同逃出
迷宫的七名青年和七名女子跳起仪式舞蹈,"舞步包含合乎韵律的旋转

---

① VIRGIL. The Aeneid [M]. Middletown:Neptune publishing, 2019:78.
② 维吉尔,塞内加. 埃涅阿斯纪 特洛亚妇女 [M]. 杨周翰,译,上海:上海人民出版
　　社,2016:173.

动作，用以模仿迷宫的迂回曲折"，提洛斯岛的居民为了纪念忒修斯，仍然保留这种舞步，提洛斯人称这种舞步为"鹤舞"①。

学者欧斯塔修斯（Eustathius）将《伊利亚特》卷十八中跛足神赫淮斯托斯用神技为阿喀琉斯打造的盾牌上的跳舞场与克里特的仪式舞蹈联系起来。同时，暗示代达罗斯不仅是迷宫的原初创作者，也是跳舞场中"盘旋路线"的创作者。

> 著名的跛足神又塑造了一个跳舞场，
> 就像代达罗斯在宽阔的克诺索斯城
> 昔日为美发的阿里阿德涅建造的那样。②

由此，"迷宫"意象与祭神仪式"盘旋路线"相印证，维吉尔给出了解谜游戏的关键词"编织"（inetxnunt），在卡图卢斯诗文第64首及史诗颂歌《埃涅阿斯纪》中以各种形式的编织展现：雅典娜用神技编织阿尔戈号航船；希腊人用从雅典娜那里学来的神技编织特洛伊木马；命运三女神转动手中纺线，编织命运的经线纬线；代达罗斯用精湛的技艺编织迷宫；克里特少年用舞步的回旋呈现迷宫的路线；诗人用笔墨和想象力编织神话；少年用舞步编织（回溯、再现）命运与神意。结合《歌集》64首中卡图卢斯塑造的杂糅的虚幻时空，天神视角的缺席，环状结构的诗文，多重声音与多重视角的并置，文本的重复与折叠，不难发现，卡图卢斯以荒诞略带戏谑的方式编织了一个叙事的迷宫，呈现出一种反严肃文学的诙谐，并用诙谐的方式表达了虚无的观点，透露出周

---

① 卢契乌斯·普鲁塔克.希腊罗马名人传［M］.席代岳，译.长春：吉林出版集团股份有限公司，2017：20.
② 荷马.荷马史诗·伊利亚特［M］.罗念生，王焕生，译.北京：人民文学出版社，2015：455.

庄梦蝶般的达观与清醒。同时，诙谐中不乏严肃，文末质疑人类罪行的发轫，是古已有之，只是被诗人和世人厚古薄今的偏见所障目；维吉尔则以庄重而崇高的、悲悯人类行为局限性及人类苦难的方式呈现出一种异曲同工的虚无观点，"编织"一词一言以蔽之，维吉尔笔下，少年用舞步编织神意与命运，正是诗人运用传统诗学资源与想象力，书写史诗神话、悲剧诗歌的隐喻，维吉尔对于人类行为局限性及人类背负苦难命运的哀叹亦呈现出一种虚无的观点。

后记

维吉尔研究哈佛派"双声论调"综述

维吉尔研究在 20 世纪 50 年代形成两种学派,欧洲学派和哈佛学派,代表了乐观解读和悲观解读的对立,后者反对传统欧洲学派的乐观解读,否认《埃涅阿斯纪》通过描写最终胜利宣扬的文明与秩序价值,他们认为史诗表面讲述的是埃涅阿斯初创罗马及帝国荣耀,实际上表达的是悲观的论调,讲述的是一个长长的关于失败与沦丧的故事。创建罗马所付出的沉重代价才是维吉尔真正要表达的东西。史学家卡伦多夫(Craig Kallendorf)指出,哈佛学派的根源可以追溯到文艺复兴时期,参见《另一面的维吉尔:意大利文艺复兴时期学术界对〈埃涅阿斯纪〉的悲观解读》。①

19 世纪到 20 世纪中期流行的欧洲乐观派正统解读延续"奥古斯都解读"的主旨,即在奥古斯都文学赞助体制下,维吉尔作《埃涅阿斯纪》为其敬仰的君主奥古斯都及其施行的新政歌功颂德,将朱利乌斯族谱的血脉归宗神意,追思罗马建国伟业的艰辛,唱诵奥古斯都结束罗马内战的功绩。维吉尔也借此建立有益于罗马社会的时序。到了 20 世纪中期,乐观派正统解读开始受到质疑,颂歌变成哀歌,维吉尔在史诗

---

① KALLENDORF C. The Other Virgil [M]. Oxford: Oxford University Press, 2007: 30–50.

中的忧郁基调被挖掘和放大，出现了一种悲观的史诗解读，"哈佛派"的提法源自美国学者约翰逊在其著作《可视的黑暗》中对这种在20世纪50年代兴起流派的一段注释文字，他提到，之所以这样命名，是因为对于维吉尔《埃涅阿斯纪》持有这种悲观解释观点的学者集中在哈佛大学古典学院，或与其有直接、间接的关联，如亚当·佩里、帕特南、克劳森等。①

　　1963年，哈佛学者亚当·佩里发表深具影响力的论文《维吉尔〈埃涅阿斯纪〉中的双重声音》，文章论述："在《埃涅阿斯纪》中，我们听到了两种截然不同的声音：一种是公开的胜利之声，另一种是私底下的叹息之声。"② 此处，"私底下的叹息之声"是指作为个人的埃涅阿斯。史诗中的主人公具有多种影射和多重历史身份认同，比如，他是海上漂泊十年的奥德修斯，是身负建国伟业的奥古斯都，是奥古斯都的政敌安东尼，当然，埃涅阿斯还是他自己，然而，这种代表私人情感的声音始终是压抑的，"他的每句话必然包含历史的印记，而不是个人的印记"③。埃涅阿斯被塑造成一个比他更强大力量——神意与命运的受害者，他必须汲取的一个教训是，不要抗拒它。"在前往罗马的旅途中，埃涅阿斯最忠实的伙伴是劳动、无知和痛苦"④。在前六卷中，史诗展示给我们的是埃涅阿斯传统英雄品质的沦丧。⑤

---

① JOHNSON W R. Darkness Visible [M]. California：California University Press，1976：156.

② PARRY A. The Two Voices of Virgil's Aeneid [J]. Arion，1963，2（4）：68.

③ PARRY A. The Two Voices of Virgil's Aeneid [J]. Arion，1963，2（4）：72.

④ PARRY A. The Two Voices of Virgil's Aeneid [J]. Arion，1963，2（4）：76.

⑤ 埃涅阿斯的使命在史诗开篇（卷二）就压倒了他，在特洛伊沦陷时，死去的赫克托尔在睡梦中告诉他不要上战场，而要逃跑；当他想要斩杀躲藏在神庙里的海伦以泄私愤时，母神维纳斯出现，告诫他特洛伊覆灭的原因是神意；在逃离过程中，妻子克鲁萨在战火中走散；在卷四狄多的插曲中，维吉尔更是将狄多塑造成一个悲剧女英雄，而埃涅阿斯则是一个无耻的逃兵，他甚至只能通过强调他的意愿不是自己的来道歉。

亚当·佩里着重强调史诗基调中悲伤、挫败、沦丧以及虚空、悲天悯人的部分，并列举文本中的诗句来佐证，如卷一埃涅阿斯一行人流浪到迦太基时，惊奇而艳羡地观看迦太基建城的忙碌景象，在神庙里看到描绘特洛伊战争场景的壁画时，"atque animum picture pascit inani"（杨周翰的译本为："埃涅阿斯贪婪地把盛幻的图像印入人心"）。"inani"在文中多次出现，拉丁语意为"空虚、空洞、徒劳无效"，此处相对于"盛幻"，更多是指空洞与空虚的意思，维吉尔想要表达的无疑是创建罗马背后的沉重代价，个人价值、个人情感及英雄品质的沦丧。在卷四中，埃涅阿斯诀别狄多时，"意志坚定不移，眼泪却徒然地流着"（mens immota manet；lacrimae volvuntur inanes），此处埃涅阿斯的情感与意志背道而驰，表现他对个人情感的压抑。"inani"的多次出现也为诗歌增添了一种悲悯的基调，诗人对于人类行为局限性及人类背负苦难命运的哀叹，体现了一种空虚感。

卷七末尾特洛伊人在拉丁姆第表河口登陆，复仇女神挑起两族冲突，诗人开列拉丁姆各原始部族的清单，简称"点将录"，维吉尔在摹写一员将领翁贝罗（Umbro）死去的场景时，留给我们的不是一个倒下的战士，而是一幅哀痛的画面，挽歌如下：安吉提亚的树林，弗奇努斯湖晶莹的波涛和澄澈的潭水都为他的死而哭泣。① 佩里表示，这些原始部族人代表了最初的意大利血统，死去的图尔努斯（Turnus）被塑造成一种单纯的勇敢和对荣誉热爱的化身②，这种精神无法在复杂的文明力量中生存。维吉尔认为，罗马是当地意大利人民的自然美德与特洛伊人

---

① 维吉尔，塞内加. 埃涅阿斯纪 特洛亚妇女［M］. 杨周翰，译. 上海：上海人民出版社，2016：247.

② 这种解读最早源自15世纪意大利作家皮尔·德切彪（Pier Candido Decembrio）续写的《埃涅阿斯纪》，诗歌是从鲁图利亚人的角度呈现的，图尔努斯被诗人描述为精神高尚（magnanimus）的民族英雄，鲁图利亚人被描述为爱国者，在国家命运未卜时，拿起刀剑保卫国家。

的文明力量之间的愉快和解；同时史诗最后几卷的悲剧色彩暗示，罗马帝国的形成意味着意大利原始纯净的丧失。这无疑是一种反对战争，反对帝国的声调。纵观维吉尔的一生，确实是一位热爱自然、崇尚和平的诗人，其传世的三部经典诗作，都透露着对自然的热爱、对土地和劳作的歌颂及早期泛神论倾向，诗人在《牧歌集》中塑造了一个林间仙子与牧人共同生活期间，神话与现实巧妙融合的世界，并创造出"阿卡狄亚"符号体系的雏形。然而，这种反对帝国的声调出现在称颂奥古斯都建国伟业的史诗《埃涅阿斯纪》中着实让人诧异；这种解读也是"双声派"论调颠覆传统解读之所在。从思维体系上讲，"双声派"解读为传统维吉尔研究增添了新的张力，在称颂奥古斯都建国伟业的史诗中解读到反对帝国的声音，也从侧面证明：维吉尔的《埃涅阿斯纪》实质上不是一部御用文人的应诏之作。这种悲观主义的解释潮流，英国学者西格尔（Charles Segal）在 1965 年发表的论述中就曾将其总结为："对于历史的复杂性的一种悲观解读，对参与历史的个人所付出代价与牺牲的一种强烈敏感。"①

哈佛派的另一重要代表米歇尔·帕特南于 1965 年出版专著《〈埃涅阿斯纪〉的诗歌》，全书最有影响力的部分当属对史诗卷末"图尔努斯之死与埃涅阿斯的愤怒"的分析与研读。帕特南认为，维吉尔有意刻画了卷十二"埃涅阿斯的愤怒"与卷二"皮鲁斯圣坛前的屠杀"的呼应。"以虔敬、坚忍著称的埃涅阿斯，在末卷对战拉丁族人图尔努斯时，却暴露出残暴、狰狞的面目，他不再是命运的猎物，而是燃烧自己的满腔怒火，这怒火正和过去屠戮特洛伊人的怒火一样强烈。"② 20 世

---

① SEGAL C P. Aeternum per Saecula Nomen: The Golden Bough and Tragedy of History: Part I [J]. Arion. 1965, 4 (4): 618, 654.

② PUTNAM M. The Poetry of the Aeneid [M]. London: Harvard University Press, 1965: 178-179.

纪60年代出现的哈佛派悲观论调实现了传统解释的颠覆与逆转，史诗中阻碍历史进程的绊脚石、罗马建国的敌人——意大利原始部族首领图尔努斯①，从野蛮傲慢的国家公敌摇身一变，在帕特南笔下成了惨死在入侵者手下的民族英雄。这种颠覆与逆转正反面人物的解释颇受争议，在学界引起各种评论，持不同观点的学者认为，帕特南及其支持者将关注点放在"埃涅阿斯的愤怒"上，弱化了图尔努斯的反面形象。埃涅阿斯作为流亡的特洛伊首领，与拉丁族公主拉维妮娅通婚，是神意，图尔努斯破坏与特洛伊人所订立的和约，是违抗神意；拉丁国王拉提努斯在埃涅阿斯抵达意大利之前就知晓神谕，外乡人会迎娶自己的女儿并定居于此，图尔努斯明知神谕，却执意开战，违抗神意，违背历史进程，逆天而为②；战场上的图尔努斯不顾帕拉斯的请求，野蛮杀死少年武士；不人道地处理尸体，"将滴着鲜血的首级挂在战车上"③。对图尔努斯报以深切同情的学者认为，卷十二朱庇特和朱诺做了最后一轮谈判，朱诺决定放手，不再暗中帮助拉丁人和图尔努斯，仍然是神意。图尔努

---

① 维吉尔学者W. A. 坎普对《埃涅阿斯纪》次要人物的解读中认为，狄多和图尔努斯都是神灵关于罗马命运之歧见以及朱诺阻挠计划的悲剧牺牲品，诗人在理解他们的人生体验时满怀同情。朱诺指使茹图娜（Juturna）和复仇女神挑唆特洛伊与拉丁人两族间的争端，并派出恶神激起图尔努斯心中疯狂的嫉妒与愤怒之情，朱诺亲自打开雅努斯神庙的大门，发起战争。由于众神之父雅庇特支持埃涅阿斯及罗马，朱诺从开始就知道神圣意志的权力，却被愤怒驱使，不惜将图尔努斯推向毁灭。而她唯一能做的便是拖延他的死期，将图尔努斯带离战场，让他追逐虚幻的胜利。朱诺的这些行为于她的被保护人而言，无非是毁灭与羞辱。"他受到巨大的创伤牺牲了……这样倒也免得看我受辱了"（Aen. 12. 631-633）；"极度的羞愧夹杂着疯狂和悲痛，爱又被复仇的激情所冲击，他自知有余勇可贾"（Aen. 12. 652-653）；卷七及卷十中，图尔努斯被描述为"故乡的捍卫者"，"保卫意大利，将侵略者赶出家门"，从图尔努斯的角度看，这个角色是正当的。

② DOWLING M B. Clemency and Cruelty in the Roman World [M]. Michigan：University of Michigan Press，2006：99.

③ 维吉尔，塞内加. 埃涅阿斯纪 特洛亚妇女 [M]. 杨周翰，译. 上海：上海人民出版社，2016：403.

斯之死，不是缘于他忤逆神意的惩罚，而是因为他阻碍了势不可挡的、上天已经注定的罗马崛起。从神意和不可逆的历史进程角度分析，图尔努斯是神意和历史的牺牲品。维吉尔似乎着意强调帝国的建立需要付出巨大而沉痛的代价，并在理解无辜牺牲者（狄多和图尔努斯）的人生体验时报以深切同情，这种反对帝国的论调不禁让人怀疑在当时的奥古斯都文学赞助体制下，御用诗人维吉尔对于奥古斯都的忠诚。剑桥学者 W. A. 坎普（W. A. Camp）在诗人对两个命运相近的悲剧人物的塑造中，看到了共同的特质以及一种历史身份的、直接或间接投射与折叠。维吉尔反复多次地使用"furor"（愤怒）和"violentia"（激烈）两个拉丁词语来描述狄多——埃涅阿斯的悲剧恋人和图尔努斯——埃涅阿斯的敌人，这两个词语使人联想到后三头寡头政体下的罗马内战，以及内战中那些招致毁灭的狂热情绪。西塞罗在抨击安东尼的演讲词中，多次引用维吉尔《埃涅阿斯纪》中描述图尔努斯的词句"furor""violentia"（马克·安东尼之暴躁），可见，与其说维吉尔在歌颂罗马建城者筚路蓝缕的功业，不如说维吉尔更倾向于赞颂奥古斯都新政所推崇的新秩序，新秩序所倡导的品质正是埃涅阿斯代表的虔敬、坚忍与克制，它的反面是导致毁灭的狂热情绪。

有趣的是，《埃涅阿斯纪》中主人公埃涅阿斯的历史身份认同是复杂且相悖的。Pietà（虔敬、忠义）是维吉尔赋予埃涅阿斯的正面品质，也是新政推崇的新秩序所需的品质，特洛伊覆灭于火海时，埃涅阿斯身背老父，手挽幼子，带着家神逃离，遵循家神的启示，历经数十载的漂泊与磨难，坚忍克己，虔敬的埃涅阿斯形象深入人心。卷三埃涅阿斯一行人沿着希腊西海岸航行，在阿克兴停航，那里有一座阿波罗神庙，他们在神庙祭了神。结合历史史实考察，罗马内战暨后三头联盟内战，奥古斯都的死敌安东尼兵败于希腊北部要塞阿克兴，维吉尔以后三头联盟所划分的势力范围来指代各自军队：彼时奥古斯都据守意大利，安东尼的势力范围则集中在小亚细亚，东部地中海的富庶之国尽是他的诸侯国。埃涅阿斯将希腊战利品奉献给安东尼的军队预示着奥古斯都在罗马内战的大捷。诗作给读者留下先入为主的观念：虔敬克己追随家神前往意大利的埃涅阿斯是奥古斯都的影射，激烈暴躁的图尔努斯影射被东方的奢靡生活所侵蚀的安东尼。然而，一向以虔敬克己著称的埃涅阿斯，维吉尔也着意刻画其残杀与暴怒的一面：卷十帕拉斯之死激起埃涅阿斯嗜血的愤怒与残暴，在帕拉斯的葬礼上献祭活捉的战俘，"他想用他们作为献给帕拉斯亡魂的祭礼，用这些俘虏的血洒在火葬堆的烈焰上"①，"他事先捆绑了一批俘虏，双手缚在背后，准备把他们当作祭品送到阴曹地府，用他们的血洒在焚尸的火焰上"②。剑桥早期学者法隆（Farron）认为，维吉尔着意刻画埃涅阿斯用战俘做活人祭，是影射奥古斯都在罗马内战早期，特别是在佩鲁西亚战役后那些残暴的杀戮。③ 佩鲁西亚发生的屠杀，见于多部史著，如苏维托尼乌斯（Suetonius）的《罗马帝王传》：

> 攻克佩鲁西亚城之后，他惩罚了众多人，当他们求饶或为自己辩解时，他答以"必死"。有人记述，他从投降者中挑选两个阶层的300人，于3月15日，在为神圣尤里乌斯所建的祭坛旁，像杀死祭品一样将他们杀死。④

迪欧·卡修斯（Dio Cassius）的《罗马史》中也有记录：

---

① 维吉尔．埃涅阿斯纪［M］．杨周翰，译．上海：上海人民出版社，2016：335-336.
② 维吉尔．埃涅阿斯纪［M］．杨周翰，译．上海：上海人民出版社，2016：355.
③ FARRON S. Aeneas' Human Sacrifice［J］．Acta Classica, 1985, 28：26.
④ SUETONIUS. Augustus 28.3, Loeb Classical Library［M］．London：Harvard University Press, 1913：140.

首领和其他一些人得宽赦，但绝大多数元老和骑士被处死，据说，他们被拉到献给尤里乌斯·凯撒的祭坛旁，被当作祭品处死，共有三百名骑士以及许多元老，佩鲁西亚城的居民和俘虏的守军大部分丧命，全城除了神庙和朱诺女神的雕像，其余都毁于大火。①

活人祭在希腊罗马悲剧及史诗中偶有出现，如埃斯库罗斯悲剧三部曲之一的《阿伽门农》，阿伽门农王出征特洛伊之前，听从祭司，将自己的女儿祭海神来平息风暴；塞内加《特洛伊妇女》，特洛伊城被攻陷之后，希腊人把战利品聚集在海滨，包括特洛伊妇女，阿喀琉斯的鬼魂显灵，要求把普里阿摩斯王的女儿波吕克赛娜作为人牲献祭在他的坟前；又如荷马史诗《伊利亚特》卷二十一，帕特罗克洛斯（Patroclus）代友出站阵亡，阿喀琉斯也有此勇武过激之举：

> 阿喀琉斯直杀得双臂筋疲力尽，
> 从河中跳出十二个青年把他们活捉，
> 为墨诺提奥斯之子帕特罗克洛斯之死作抵偿。②

剑桥早期学者法隆考察古代作家的主流看法认为，活人祭在维吉尔的时代，亦是一种公认野蛮、残暴的不义之举。③ 除了卷十和卷十一活人祭的片段，埃涅阿斯凶残的一面还表现为杀死少年武士以及罔顾敌人的求饶和辩解，卷十两军交战之际，特洛伊兄弟卢卡古斯（Lucagus）

---

① CASSIUS D. Loeb Classical Library：Dio's Roman History，vol 5 [M]. London：Harvard University Press，1917：248.

② 荷马. 荷马史诗·伊利亚特 [M]. 罗念生，王焕生，译. 北京：人民文学出版社，2015：494.

③ FARRON S. Aeneas' Human Sacrifice [J]. Acta Classica，1985，28：22-28.

和里格尔（Liger）迎战埃涅阿斯，卢卡古斯中枪倒地而亡，他的弟弟伏地苦苦求饶，埃涅阿斯回答："弟弟不要抛弃哥哥，你给我死。"此处虔敬埃涅阿斯的另一面影射罗马史学家苏维托尼乌斯（Suetonius）《罗马帝王传》里奥古斯都在佩鲁西亚屠杀中冷酷嗜血的一面。随后的第801~805行，埃涅阿斯杀死与其武力悬殊的少年武士劳苏斯（Lausus）的片段同样颇受争议，"埃涅阿斯怒从心生，抽刀向那青年腹部猛刺过去，一把刀全部插进他的体内"①，帕特南分析此处的细节描述，发现同样的用法"一剑刺去，直至剑柄"（capulo tenus）除了卷十被激怒的埃涅阿斯杀死玛古斯（Magus）时用到，全诗也只有卷二阿喀琉斯之子皮鲁斯（Pyrrhus）在祭坛旁大开杀戒，残杀特洛伊王普里阿摩斯时出现，"现在你就死吧！说着皮鲁斯就把这位颤颤巍巍的老人揪到神坛前面，滑过他自己儿子的血泊，他左手挽着老人的头发，右手刷地抽出刀向老人的腰里刺去，只剩刀柄没有刺进去"（capulo tenus）②。因此，帕特南认为，卷十被帕拉斯之死激怒的埃涅阿斯杀死玛古斯的行为等同于卷二中人神共愤的皮鲁斯之行径。但是，卷十的尾声，维吉尔用劳苏斯的死让埃涅阿斯从野蛮的怒火及杀戮的疯狂中转醒，恢复了虔敬与忠义。

维吉尔史诗的传统解释派与悲观解读派用一个不容忽视的历史事件来划分，那就是第二次世界大战。19世纪末的欧洲传统解释派将图尔努斯视为古代野蛮民族的代表，《埃涅阿斯纪》的主旨定位在具有更高文明、宗教的民族教化并同化未开化的野蛮、半野蛮民族，罗马的建国伟业被视为一种不可逆的历史进程，有种大刀阔斧、开疆扩土的意味。20世纪60年代出现的哈佛派悲观解读则更关注战争这种历史进程所付

① 维吉尔.埃涅阿斯纪［M］.杨周翰，译.上海：上海人民出版社，2016：345.
② VIRGIL. The Aeneid［M］. Middletown：Neptune Publishing，2019：114.

出的惨痛代价及牺牲，反思帝国与战争的利与弊，对战争所付出代价的痛心与伤悲，哈佛悲观派可以理解为一种战后创伤文学的解读。维吉尔研究学者高峰枫教授从历史和政治的角度出发，结合史实，考察并分析论证史诗中这种隐而不张的反帝论调，诗人与其文学恩主之间的微妙关系，以及诗人临终前嘱托好友焚稿这一历史史实。哈佛学者塔伦特（Richard Tarrant）结合维吉尔在罗马内战以及奥古斯都统治初期的政治态度分析认为，维吉尔死于公元前 19 年，罗马内战刚刚结束，人们对于内战还记忆犹新，对于奥古斯都及其新政未来能走多远，局势还不甚明朗，基于当时的政治空气，诗人对于各种敌对的立场都有客观的呈现，如果《埃涅阿斯纪》晚十年成稿，政治空气已经彻底改变，则无法写就这平衡的诗作。塔伦特猜测，可能维吉尔去世时，已经隐约感觉到《埃涅阿斯纪》语调过于阴郁，已经不能容于日益严峻的政治局势，因此才要求焚稿。①

据多纳图斯《维吉尔传略》记载，"诗人在病危期间多次让人将盛着诗稿的盒子送来，想亲手烧毁。但没有人替他取来盒子。在遗嘱中，他将自己的文稿托付给好友瓦留斯（Varius）和图卡（Tucca），因其生前就嘱托瓦留斯'若自己有不测，一定焚毁诗稿'，但后者最终遵照奥古斯都的指令，没做什么编辑就发表了《埃涅阿斯纪》"②。美国学者艾弗里（William Avery）认为，维吉尔病危期间，多次让人取诗稿未果，这件事颇有蹊跷。诗人用生命最后十年苦心经营的史诗，必然像对待自己的孩子一样须臾不离、悉心呵护，病危之际却多次遣人取诗稿未果，艾弗里怀疑诗稿已被奥古斯都监管，在维吉尔去世之前，已

---

① TARRANT. Aeneid：Book 12［M］. Cambridge：Cambridge University Press，2007：27，111.

② CAMPS W A. An Introduction to Virgil's Aeneid［M］. New York：Oxford University Press，2010：119.

变成了国家财产。① 结合《维吉尔传略》记载的诗人生前对好友的嘱托"若自己有不测，一定焚毁诗稿"，这种解读呈现出一幅君臣猜忌的画面，维吉尔的遗世之作似乎超越了对奥古斯都新政的歌颂、将朱利乌斯族谱归宗神意之宗旨，维吉尔也打破了作为具有独立思想的诗人和御用文人身份之间的平衡，挑战了奥古斯都时期的文人赞助体制。

　　20 世纪 90 年代法国学者马勒福（Yves Maleuvre）将君臣之间的猜忌演绎到了极致，主张维吉尔是被谋杀的。据多纳图斯《维吉尔传略》记载："他 52 岁那年，想最后修改一遍《埃涅阿斯纪》，他计划出游，在希腊和亚细亚隐居三年，全力投入史诗的修改。"② 马勒福认为奥古斯都多次去信催促史诗进度，诗人此时选择出国隐居实有蹊跷，又在临近出发之际，在雅典遇到奥古斯都，于是改道陪同奥古斯都返回罗马，就在此时，离奇病倒，并在折返途中病逝，实在太过凑巧。马勒福认为，奥古斯都坚持让染病的维吉尔陪同他折返，加速了他的死亡，因为，公元前 20 年奥古斯都政权依然风雨飘摇，急需一部高度肯定其政权及血脉正当性及天命神意的史诗颂歌，维吉尔的《埃涅阿斯纪》俨然成为一个重要国家基金项目。为了及时实现其政治作用，奥古斯都加速了诗人的死亡。英国现代学者安东·保尔（Anton Powell）也主张谋杀说，依据仍然是多纳图斯的《维吉尔传略》，据记载，"维吉尔将一半家产留给同父异母的弟弟，四分之一家产赠给奥古斯都，十二分之一赠给麦凯纳斯"，结合奥古斯都以朋友口吻写给维吉尔的多封催稿书信，可以看出两人超越君臣的亲密关

---

① AVERY W T. Augustus and the Aeneid［J］. The Classical Journal，1957，52（5）：225-227.
② 诗人临终焚稿原因的推测，参考高峰枫. 维吉尔史诗中的历史政治［M］. 北京：北京大学出版社，2021：105-106.

系，奥古斯都赞助诗人的文学创作；维吉尔大部分时间也是真心称颂奥古斯都。在另一篇文章中，保尔说："为了拿到文稿，奥古斯都有可能加速了诗稿作者生命的终结。"① 这样的揣测填补了史料记载的凑巧与蹊跷之处，因不能提供有效证据终究只能停留在猜测的层面，过分精彩倒显得有些脱离现实。可叹的是，诗人和恩主超越君臣的亲密关系，也弥合不了两人隐而不彰的对帝国未来命运及政见上的分歧。

《埃涅阿斯纪》的结尾也一直是学界关注的焦点，史诗颂歌之罗马经典的巨著在卷十二以埃涅阿斯手刃图尔努斯的场景戛然而止，令人倍感疑惑，学界说法不一，意大利文学史上出现过多部《埃涅阿斯纪》续篇，如马菲·维乔（1407—1458）就续写过《埃涅阿斯纪》卷十三，皮尔·德切彪（1399—1477）留存在手稿里的篇幅短小精悍的续写。如上文所述，"哈佛学派"的悲观解读可以追溯到文艺复兴时期，彼时意大利诗人卢多维科·阿里奥斯托（1474—1533）的史诗颂歌《疯狂的罗兰》模仿了维吉尔式结尾，以图尔努斯之死结束了埃涅阿斯的故事。

《疯狂的罗兰》英译者哈灵顿认为阿里奥斯托洞悉到了《埃涅阿斯纪》复杂而微妙的解读所呈现的人性及政治制度的复杂性，作为经典史诗颂歌的模仿作品，阿里奥斯托运用了维吉尔式的结尾，以罗多蒙之死戛然而止，向他的文学之父维吉尔致敬。结合《埃涅阿斯纪》结尾的问题性，埃涅阿斯手刃图尔努斯，像是在向愤怒和缺乏控制之暴力妥协，主人公埃涅阿斯在整部史诗中一直与之斗争，阿里奥斯托对维吉尔史诗结尾场景的模仿，正是为了强调埃涅阿斯未能成为他想

---

① POWELL A. The Harvard School, Virgil, and Political History: Pure Innocence or Pure in NoSense [J]. Classical World, 2017, 111 (1): 100.

成为的人。虔敬、仁慈的埃涅阿斯输了，最终输给了愤怒（furor）和失去控制的暴力（violentia），即反面人物图尔努斯、狄多所代表的特质，维吉尔在史诗结尾推翻了整部诗歌推崇的秩序以及虔敬的品质，颇耐人寻味，自然也涉及埃涅阿斯复杂的历史身份认同，结合历史史实，在当时人们的心中，在公元前31年击败安东尼的奥古斯都的形象主要是无情的杀手。以虔敬、勇敢闻名的埃涅阿斯在整部诗歌，或者说终其一生都在与内心的愤怒与不被控制的暴力做斗争，似乎是一种接近真实的委婉表述。同一时期的《埃涅阿斯纪》续写之风盛行，如上文所述，皮尔·德切彪（1399—1477）的续写，是从鲁图里亚人的角度呈现史诗全貌，图尔努斯被诗人描述为精神高尚者（magnanimous），鲁图里亚人被描述为国家命运未卜时刻挺身而出的爱国者，德切彪的续写为20世纪中叶哈佛学者亚当·佩里的"双声解读"提供了有力支撑和前提论据。英国学者詹金森认为，佩里在《维吉尔〈埃涅阿斯纪〉中的双重声音》论文中论述史诗中有公共声音和私人声音，但也只是暗示那个忧郁的表达哀伤的私人声音才是维吉尔真实的感受，究其真相，佩里并未表明这两种声音是交织在一起，相互映衬，抑或是不能共存的关系，哈里森对"哈佛派"的概括比较客观，他认为是"一种悲观主义倾向的解读，强调战争所带来的苦难，以及胜利者和牺牲者的政治责任"[1]。第一代"哈佛派"学者致力于研究古罗马文学赞助体制下史诗颂歌中的丰富意涵，人性与历史细致入微的复杂性，强调此前被忽略的表达失落与哀伤的段落，两种声音相互交织，体现出古典作品的细微与深度，历经时间沉淀与考验的可读性；后代哈佛派走得太远，倾向于一种颠覆的解读，认为维吉尔用隐

---

[1] HARRISON S J. A Voyage Around the Harvard School [J]. Classical World, 2017, 111 (1): 77.

微的方式暗中批判奥古斯都时期的价值观，罗马经典的史诗颂歌变成了隐微写作的批判文学，后代哈佛派有过度解读的弊端，也是过于政治化的产物。

中文参考文献

一、著作

［1］查尔斯·霍默·哈斯金斯.12 世纪文艺复兴［M］.夏继果，译.上海：上海人民出版社，2022.

［2］弗里切罗.但丁：皈依的诗学［M］.朱振宇，译.北京：华夏出版社，2010.

［3］弗罗斯特.弗罗斯特作品集［M］.曹明伦，译.北京：人民文学出版社，2016.

［4］高峰枫.维吉尔史诗中的历史与政治［M］.北京：北京大学出版社，2021.

［5］加斯帕·格里芬.荷马史诗中的生与死［M］.刘淳，译.北京：北京大学出版社，2015.

［6］姜岳斌.伦理的诗学［M］.浙江：浙江大学出版社，2007.

［7］卢多维科·阿里奥斯托.疯狂的罗兰［M］.王军，译.杭州：浙江大学出版社，2017.

［8］利奥·马克斯.花园里的机器：美国的技术与田园理想［M］.马海良，雷月梅，译.北京：北京大学出版社，2011.

［9］雷蒙·威廉斯.乡村与城市［M］.韩子满，刘戈，徐珊珊，

译. 北京：商务印书馆，2013.

［10］刘新成. 西欧中世纪社会史研究［M］. 北京：人民出版社，2006.

［11］但丁. 但丁精选集［M］. 北京：北京燕山出版社，2004.

［12］马克思·舍勒. 爱的秩序［M］. 孙周兴，林克，译. 北京：北京师范大学出版社，2017.

［13］普鲁塔克. 希腊罗马名人传［M］席代岳，译. 长春：吉林出版集团股份有限公司，2017.

［14］唐晶，李静. 生态女性主义文学研究［M］. 北京：中国社会科学出版社，2019.

［15］王承教. 埃涅阿斯纪章义［M］. 王承教，黄芙蓉，等译. 北京：华夏出版社，2009.

［16］维吉尔. 埃涅阿斯纪［M］. 杨周翰，译. 北京：人民文学出版社，2000.

［17］西塞罗. 论神性［M］. 石敏敏，译. 北京：商务印书馆，2019.

二、期刊

［1］李永毅. 贺拉斯诗歌与奥古斯都时期的文学秩序［J］. 文艺理论研究，2018（3）.

［2］彭小瑜. 中古西欧骑士文学和教会法里的爱情婚姻观［J］. 北大史学，1999（6）.

［3］孙万军. 论品钦后现代作品中的"复魅"主题［J］. 当代外国文学，2007（3）.

［4］韦清琦. 知雄守雌：生态女性主义于跨文化语境里的再阐释［J］. 外国文学研究，2014（2）.

外文参考文献

一、著作

［1］ BETTINI M. Anthropology and Roman Culture ［M］. Baltimore：Johns Hopkins University Press，1991.

［2］ BARCHIESI A. La Traccia del modello：effetti omerici nella narrazione virgiliana ［M］. Pisa：Pisa University Press，1984.

［3］ COMPARETTI D. Vergil in the Middle Ages ［M］. London：Macmilla Publishers Limited，1895.

［4］ CAMPS W A. An Introduction to Virgil's Aeneid ［M］. New York：Oxford UP，1969.

［5］ CHRISTINE P. On Creusa，Dido，and the Quality of Victory in Virgil's Aeneid ［M］//FOLEY H P. Reflections on Women in Antiquity. New York：Routledge，2019.

［6］ CAMPS W A. An Introduction to Virgil's Aeneid ［M］. Oxford：University of Oxford Press，2010.

［7］ CASSIUS D. Dio's Roman History，vol 5 ［M］. Cambridge：Harvard University Press，1917.

［8］ COLLIN H. Vitae Vergilianae Antiquae ［M］. Oxford：Clarendon

Press, 1964.

[9] COOPER H. The English Romance in Time [M]. Oxford: Oxford University Press, 2008.

[10] CLAUSEN W. Virgil's "Aeneid" and the Tradition of Hellenistic Poetry [M]. Berkeley: Berkeley Press, 1987.

[11] COOLEY A E. Res Gestae Divi Augusti: Text Translation, and Commentary [M]. Cambridge: Cambridge University Press, 2009.

[12] CONWAY R S. Harvard Lectures on the Vergilian Age [M]. Cambridge: Harvard University Press, 1928.

[13] DOTY W G. Mythography: The Study of Myths and Rituals [M]. Alabama: Alabama University Press, 1986.

[14] DESMOND M. Reading Dido: Gender, Textuality, and the Medieval Aeneid [M]. Minneapolis: University of Minnesota Press, 1994.

[15] EURIPIDES. Bacchae [M]. New York: Ecco Press, 2014.

[16] ESTELLE F. The Essential Feminist Reader [M]. New York: Random House Inc, 2007.

[17] ELLEN O. Freud's Rome: Psychoanalysis and Latin Poetry [M]. New York: Cambridge University Press, 2009.

[18] EAGLETON T. Literary Theory: An Introduction [M]. Minneapolis: Minnesota University Press, 1983.

[19] FOWLER W. The Religious Experience of the Roman People [M]. London: MacMillan Press, 1911.

[20] FOWLER D. Roman Constructions: Readings in Postmodern Latin [M]. Oxford : Oxford University Press, 2000.

[21] FOWLER W. The Death of Turnus: Observations on the Twelfth Book of the Aeneid [M]. Oxford: Blackwell, 1919.

[22] FAULKNER A. The Homeric Hymn to Aphrodite: Introduction, Text, and Commentary [M]. Oxford: Oxford University Press, 2008.

[23] GEORGIA N. The Women of the Aeneid: Vanishing Bodies, Lingering Voices [C] //PERKELL. Reading Virgil's Aeneid: An Interpretive Guide. Norman: Oklahoma University Press, 1999.

[24] GALINSKY G K. Aeneas, Sicily and Rome [M]. Princeton: Princeton University Press, 1969.

[25] HANSON A E. The Medical Writer's Woman [M] //HALPERIN D M, WINKLER J J, ZEITLIN F I. Before Sexuality: The Construction of Erotic Experience in the Ancient Greek World . Princeton: Princeton University Press, 1991.

[26] HARRISON E L. The Opening Scenes of the Aeneid [M] // MCKAY A G, WILHELM R M, JONES H. The Two Worlds of the Poet: New Perspectives on Vergil . Michigan: Wayne State University Press, 1992.

[27] HARDIE P. Virgil's Aeneid: Cosmos and Imperium [M]. Oxford: Oxford University Press, 1986.

[28] JOHOSON W R. Darkness Visible: A Study of Vergil's Aeneid [M]. Alhambra: University of California Press, 1976.

[29] JENKYNS R. Virgil's Experience [M]. New York: Oxford University Press, 2004.

[30] KALLENDORF C. The Other Virgil: "Pessimistic" Readings of the Aeneid in Early Modern Culture [M]. Oxford: Oxford University Press, 2007.

[31] KENNETH Q. Virgil's Aeneid: A Critical Description [M]. Ann Arbor: Michigan University Press, 1968.

[32] KENNEDY D. Augustan and Anti-Augustan: Reflections on

Terms of Reference [M] //POEWELL A. Roman Poetry and Propaganda in the Age of Augustus. Bristol: Bristol Classical Press, 1992.

[33] MCAULEY M. Reproducing Rome Motherhood in Virgil, Ovid, Seneca, and Statius. [M]. New York: Oxford University Press, 2016.

[34] MOMIGHIANO A. On Pagans, Jews, and Christians [M]. Middletown: Wesleyan University Press, 1987.

[35] MELISSA B. Clemency and Cruelty in the Roman World [M]. Ann Arbor: Michigan University Press, 2006.

[36] NHANENGE J. Ecofeminism: Towards Integrating the Concerns of Women, Poor People, and Nature into Development [M]. Lanham: America University Press, 2011.

[37] NEWMAN F. Modern Language Notes [M]. New York: Routledge Press, 1967.

[38] O' HARA J J. Death and the Optimistic Prophecy in Virgil' s Aeneid [M]. Princeton: Princeton University Press, 1990.

[39] OKAMURA D S W. Virgil in the Renaissance [M]. Cambridge: Cambridge University Press, 2015.

[40] POUND E. ABC of Reading [M]. London: Faber and FaberPress , 1951.

[41] PANOUSSI V. Greek Tragedy in Vergil' s Aeneid: Ritual, Empire, and Intertext [M]. Cambridge: Cambridge University Press, 2009.

[42] PAUSANIAS. Description of Greece, vol1 [M]. Cambridge, Mass: Harvard University Press, 1918.

[43] PUTNAM M. The Poetry of the Aeneid [M]. Cambridge: Harvard University Press, 1965.

[44] PUTNAM M C J. The Humanness of Heroes: Studies in the

Conclusion of Virgil' s Aeneid ［M］. Amsterdam：Amsterdam University Press，2008.

［45］ PANOUSSI V. Greek Tragedy in Vergil' s Aeneid ［M］. New York：Cambridge University Press，2009.

［46］ POWELL A. Roman Poetry and Propaganda in the Age of Augustus ［M］. London：Bristol Classical Press，1992.

［47］ PLUTARCH. Plutach' s Lives，vol. 1 ［M］. Cambridge，Mass：Harvard University Press，1914.

［48］ PUTNAM M C J. Virgil' s Aeneid：Interpretation and Influence ［M］. Chapel Hill：The University of North Carolina Press，1995.

［49］ PETER S H. Vergil' s Aeneid：Augustan Epic and Political Context ［M］. London：Duckworth，1998.

［50］ PETER W. Promised Verse：Poets in the Society of Augustan Rome ［M］. Cambridge，Mass：Harvard University Press，1991.

［51］ SHARROCK A，MORALES H. Intratextuality：Greek and Roman Textual Relations ［M］. New York：Oxford University Press，2003.

［52］ SARA M. The Birth of War：A Reading of Aeneid 7 ［C］// PERKELL，ed. Reading Virgil' s Aeneid：An Interpretive Guide. Norman：Oklahoma UP，1999.

［53］ STRABO. The Geography of Strabo，vol 1 ［M］. Cambridge：Harvard University Press，1929.

［54］ THILO G，HAGEN H. Servii Grammatici Qui Feruntur in Vergilii Carmina Commentarii，vol. 1 ［M］. Leipzig：Teubner，1881.

［55］ TREVELYAN R C. A Translation of the Idylls of Theocritus ［M］. Cambridge：Cambridge University Press，1947.

［56］ THEODEO H. Virgil：Father of the West ［M］. London：

Sheed&Ward, 1934.

[57] TARRANT R. Aeneid: Book 12 [M]. Cambridge: Cambridge U-niversity Press, 2016.

[58] VIRGIL. Eclogues and Georgics [M]. New York: Dover Publi-cations, INC, 2005.

[59] VICTOR P. The Art of Vergil: Image and Symbol in the Aeneid [M]. Ann Arbor: The University of Michigan Press, 1962.

[60] VIRGIL. The Georgics of Virgil [M]. New York: Farrar, Straus and Giroux Press, 2005.

[61] VIRGIL. The Aeneid [M]. Middletown: Neptune publishing, 2019.

[62] WARDLE. Suetonius, vol1 [M]. Cambridge, Mass: Harvard University Press, 1913.

[63] KENNEDY D. Augustan and Anti-Augustan: Reflections on Terms of Reference [M] //POEWELL A. Roman Poetry and Propaganda in the Age of Augustus. Bristol: Bristol Classical Press, 1992.

[64] ZIOLKOWSKI T. Virgil and the Moderns [M]. Princeton: Princeton University Press, 1993.

[65] KRISTEVA J. SÈMÉIOTIKÈ: Recherches pour une Sémanalyse [M]. Paris: Seuil, 1969.

[66] TARRANT R. Aeneid: Book XII [M]. Cambridge: Cambridge University Press, 2012.

二、期刊

[1] AVERY W T. Augustus and the Aeneid [J]. The Classical Journal, 1957, 52 (5).

[2] ADELAIDE H. The Piety of the Gods [J]. The Classical Weekly,

1925, 19 (4).

[3] CRAIG K. The Harvard School and the Problem of History [J]. Classical Word, 2017, 111 (1).

[4] CLAUSEN W. An Interpretation of the Aeneid [J]. Harvard Studies in Classical Philology, 1964, 68.

[5] FARRON S. Aeneas' Human Sacrifice [J]. Acta Classica, 1985, 28.

[6] FARRON S. Aeneas' Human Sacrifice [J]. Acta Clasica, 1985 (28).

[7] HANNAH B. Manufacturing Descent: Virgil's Genealogical Engineering [J]. Arethusa, 2004, 37 (2).

[8] HARDIE P. Virgil's Ptolemaic Relations [J]. Journal of Roman Studies, 2006, 96.

[9] HARRISON S J. A Voyage Around the Harvard School [J]. Classical Word, 2017, 111 (1).

[10] LLOYD R. Superbus in the Aeneid [J]. The American Journal of Philology, 1972, 93 (1).

[11] MURNAGHAN S. Maternity and Mortality in Homer [J]. Classical Antiquity, 1992, 11.

[12] MACINNES J. The Concept of Fata in the Aeneid [J]. The Classical Review, 1910, 24.

[13] OTIS B. Virgilian Narrative in the Light of Its Precursors and Successors [J]. Studies in Philology, 1976, 73 (1).

[14] PARRY A. The Two Voice of Virgil's Aeneid [J]. Arion, 1963, 2 (4).

[15] POWELL A. The Harvard School, Virgil, and Political History:

Pure Innocence or Pure in No Sense [J]. Classical World, 2017, 111 (1).

[16] SCHMIDT E A. The Meaning of Vergil' s Aeneid: American and German Approaches [J]. Classical World, 2001, 94 (2).

[17] SITTERSON J C. Allusive and Elusive Meanings: Reading Ariosto's Vergilian Ending [J]. Renaissance Quarterly, 1992, 45.

[18] SEGAL C P. Aeternum per Saecula Nomen: The Golden Bough and Tragedy of History: Part I [J]. Arion, 1965, 4 (4).

附录一

抄本、马克罗比乌斯和塞维乌斯笺注

维吉尔卒于公元前 19 年，诗人死后《埃涅阿斯纪》由他的友人瓦留斯（Varius）编辑出版，瓦留斯是位诗人，也是维吉尔的遗嘱执行人。流传下来的《埃涅阿斯纪》文本，主要基于公元 4 世纪、5 世纪两个版本的手抄本（简称 P 和 M），以及 5 世纪的抄本 R，三个手抄本均不是完整版本，幸运的是，缺失的部分可以互为补充，4 世纪前的残抄本亦有留存。

此外，一部撰写于四五世纪之交的文学对话录，马克罗比乌斯（Macrobius）的《农神节》（Saturnalia）大量引述维吉尔典著；更重要的是，写于同一时期的完整评论得以保存，即塞维乌斯（Servius）的维吉尔诗歌笺注，其注释经常提到诗歌文本，并在一些情况下引用和讨论衍生异本。由此可见，关于西罗马帝国最后一百五十年流传的《埃涅阿斯纪》文本形态，我们有十分系统的文献谱系作为支撑，这段时期是指公元 325 年的尼西亚会议（The Council of Nicaea）至 475 年西罗马最后一位皇帝退位。公元 9 世纪流传的一些手稿进一步证实了上述信息。因为这些手稿与公元 4 世纪、5 世纪的抄本没有承续关系，这些抄本及其祖本为我们提供了单独的证据，即公元 4 世纪、5 世纪可能存在异本。上述时间段距离《埃涅阿斯纪》面世时间不远，大致相当于我们与斯宾塞和莎翁时代的距离。这两个相近时间的文本流传当然没有可比性，维吉尔文本的流传没有稳定的印刷科技作为支撑，而是通过手抄本的撰写，难免伴随阑入和讹传的风险，经历散佚和复制。然而事实上，维吉尔死后四百年才出现的《埃涅阿斯纪》文本，相对来说，除了特定手稿中一些明显和可解释的错误外，其异本是较少的。这无疑与精修善本在图书馆、藏书阁、资料室等公众场所作为一种持久稳定的影响力坐标有相当的关系。一些重要的异本可能源于诗人自己手稿中的备选方案或含混的改动，如上所述，这样的异本数量不多，却十分重要。

上文提及的文学对话录，马克罗比乌斯的《农神节》呈现的是农神节期间宴会上的一场对话，主人是普拉泰克斯塔图斯（Vettius Agorius Praetextatus），一位虔敬、举止文雅的贵族，罗马传统尤其是罗马古代宗教仪轨的伟大拥护者，这位罗马贵族与其妻鲍丽娜（Paulina）的墓志铭得以保存下来，让我们有机会了解他性格的感人一面。主宾是昆土斯·希马库斯（Quintus Aurelius Symmachus），也是一位支持传统文化和古代宗教仪轨的罗马贵族，他留给后世的作品中，有一篇是呼吁罗马皇帝重建元老院中胜利女神雕像，此雕像最初由奥古斯都所建，后来在基督教信徒的强烈要求下被移除。这件事就发生在《农神节》记载的这场对话的几年前。宾客中另有一位性情粗野、强势专断的人，名叫埃凡盖卢斯（Evangelus），从名字上推测，他是一个基督徒。还有一位来宾叫塞维乌斯（Servius），是一位罗马教师，当时正在潜心于维吉尔经典的阐释，这就是撰写维吉尔诗歌笺注的塞维乌斯。但是，参照对话录前言可以明显看出《农神节》作者马克罗比乌斯做了一个年表上的微调，把他也包括在内。事实上，对话录主人普拉泰克斯塔图斯卒于公元 385 年，当时塞维乌斯的事业还未起步。对话录中与维吉尔有关的是卷三（1 至 12 章）、卷四、卷五和卷六，这几卷谈到维吉尔对古罗马宗教仪轨各种细节都如数家珍，谈到维吉尔的修辞技巧、对传统诗学资源（从荷马为代表的希腊诗人，至埃纽斯等古罗马诗人前辈）的借鉴与回应。

　　谈到的这些传统诗学资源的文学素材无疑是从当时的材料中编辑而来，不会是节选自马克罗比乌斯的个人阅读储备。但这本书提供了一种便捷的方式，让人们对维吉尔所借鉴的前辈诗文的丰富性与多样性有一个全面的了解。同时这本书流露出一种惋惜之情，记录了古代文化遭受淹没威胁情况下人们的关注和态度。

　　维吉尔诗歌笺注保存下来的手稿署名塞维乌斯（Servius），便是马克罗比乌斯《农神节》对话录中出现的维吉尔诗歌笺注家塞维乌斯，他活跃于我们所熟知的四五世纪之交。这是一部完整的注疏集，涵盖了我们所熟知的现代注释包括的全部范围。它关注特定句子或段落的文学特征，它解释生僻字或不常见用词的含义，分析句子的结构、与上下文的关系。尤其对文法做详尽注解，解释专有名词、词源，引述维吉尔借鉴过的前辈诗人的作品，并对古代神话、古代习俗、历史资源等给出详尽注释。用这种方式保存下来大量早期文献学和古代民俗学研究的成果和史料，包括很多早期拉丁诗歌的片段。从另一方面来讲，这本注疏集有很多不尽如人意的地方，很多注解不合情理，牵强附会，出现信息和材料上的错误，或以误导的方式呈现。《埃涅阿斯纪》卷三 480 行，赫勒努斯（Heleaus）对安契西斯说 "o felix nati pietate"，注疏者从中觉察到关于安契西斯悄然将至的死亡影射；卷六 76 行 "finem dedit ore loquendi"（他结束发话），塞维乌斯解读为安契西斯指示西比尔应当口头回复，而不是写在纸上，维吉尔的用法不过是表明他停止发话了；卷九 597 行 "ingentem sese clamore ferebat"，塞维乌斯解释说，诗人所描述的勇士并不是真的体格庞大，而是他一直在高声喊叫，告诉人们他体格健硕，然而，按照维吉尔的惯常用法，此句应当理解为 "他身形高大，大步流星向前，高喊反抗"；卷七 711 行萨宾人的城市姆图斯卡（Mutusca），因为也称作特雷布拉·姆图斯卡，被错误地界定为历史上第二

次布匿战争中汉尼拔首次大败罗马人的意大利北部特雷布拉河；卷五
591 行"qua signa sequendi""frangeret indeprensus et inremeabilis error"，
被认为取自卡图卢斯诗文，实际上维吉尔真正借鉴的是《卡图卢斯歌
集》第 64 首，第 115 行；同样卷四狄多的悲剧爱情故事被认为"全部
取材于阿波罗纽斯《阿尔戈航行记》卷三"，实际上，两者的参考借鉴
非常有限，这些例证都很典型。由此可以见证，塞维乌斯的注疏集，虽
然是以母语拉丁语撰写，亦是维吉尔相近时代的产物，作为理解诗文的
导读，其参考价值十分有限，但作为早期学术资源以及散佚诗歌作品评
论的资源，价值仍然巨大。

塞维乌斯注疏集的一部分手抄本，在找到时是被逐字嵌入一个更长
的文本之中，后者并没有署名塞维乌斯，不属于塞维乌斯的那部分材
料，其基本特征与注疏集相仿，但也有自己的特征和识别度。这部更长
的手抄本像是将两本单独流传的材料合二为一，撰写时间大致相仿，即
西罗马帝国后一百五十年，这部扩充版注疏集通常被视为"塞维乌斯
注疏集扩充版"（Servius Auctus）或"塞维乌斯—达涅利斯版"。以 16
世纪末首次出版它的法国学者来命名。

在塞维乌斯注疏之前，有一篇《维吉尔传》，古代流传下来的维吉
尔传记有好几篇，其中篇幅最长、记录最早、最常用的这一篇通常被归
为埃留斯·多纳图斯（Aelius Donatus）名下，著名的四世纪文法家，
圣哲罗姆（St. Jerome）的恩师，这篇传记的译文见附录二，根据一些
旁证（参见《维吉尔传》牛津文本绪论）可以断定两点：其一，这篇
传记的作者的确就是多纳图斯；其二，多纳图斯的大部分材料摘录自已
散佚的苏埃托尼乌斯的《维吉尔传》。苏埃托尼乌斯是《罗马十二帝王
传》的作者，也撰写过一系列著名学者文人传记，他的写作时期约在
公元 2 世纪早期，也就是维吉尔死后一百五十年间，相当于今天的我们
写济慈和雪莱的传记一样。

　　有学者想通过文风的分析，来辨析多纳图斯《维吉尔传》中哪些出自苏埃托尼乌斯之手，哪些不是。那些被认为出自旁人之手的段落放在括号里，当然，那些被认定是苏所写的部分，也不一定真是他写的。但苏埃托尼乌斯从熟识维吉尔的人那里保存了真实信息，具有相当重要的史料价值。然而，需要补充说明的一点是，即便在作者那个年代，真实的史料中也已经阑入大量的传闻和不实之词，尤其是关于维吉尔童年及青少年时期的部分。

附录二

埃留斯·多纳图斯的《维吉尔传》

维吉尔原名普布留斯·维尔吉留斯·马罗（Publius Vergilius Maro），出生于意大利北部的曼图阿（Mantua）。他的父母出身寒微，据说他的父亲是陶工，更多人说他的父亲是一位农场主的杂役，工作出色并娶了主人的女儿［后来购置了林地和养蜂场，颇为富有］。

诗人于执政官庞贝（Gn. Pompeius）和克拉苏（M. Licinius Crassus）任期第一年的10月15日出生于曼图阿附近一个叫安德斯（Andes）的小村庄，其母亲在怀孕期间梦见自己生出月桂枝［枝条触地生根，即刻长成参天大树，枝繁叶茂］。第二天，夫妇两人去邻近农庄的路上，她不得已从主路上下来，在道旁小路上产下婴孩。据说这新生儿不曾啼哭，表情泰然，新晋父母相信这孩子将来一定前途无量［同时发生了另一个祥瑞之兆：据当地风俗，生子之后就地种一棵杨树，谁知它生长迅速，竟赶上前人种的树一般高，因此被唤作"维吉尔树"——为当地人所崇拜的圣树，许多年轻母亲和孕妇前去膜拜许愿］。

维吉尔人生第一阶段（童年和青少年时期）在柯莱莫奈（Cremone）度过，直到他穿上成人袍服。这年他十七岁，时值庞贝和克拉苏第二次出任执政官，也是罗马诗人卢克莱修（Lucretius）辞世的同一天。其间，诗人从柯莱莫奈迁居米兰，后来又到罗马居住。

他生得孔武高大，皮肤黝黑，像个农夫，但身体欠佳，时患喉疾、胃病、头痛，经常吐血，他饮食有度，喜慕男童［最喜爱的两个人是契柏斯（Cebes）和亚历山大（Alexander），后者是阿西纽斯·鲍里奥（Asinius Pollio）送给他的，出现在《牧歌集》卷二唤作亚历克斯，两个男童都受过良好教养，契柏斯自己亦写诗］。坊间传闻，维吉尔还和普洛蒂娅·希利亚（Plotia Hieria）交往，但是，阿斯克纽斯·贝蒂纽斯（Asconius Pedianus）证实，普洛蒂娅晚年时常澄清说，瓦留斯的确提出此议，但被维吉尔坚决拒绝。在其他方面，维吉尔也是举止有度，行为得体，那不勒斯人称其为"童贞女"（Pathenias）。在罗马，若在公众场合被认出来，大诗人通常会很快躲进室内，以避免被尾随或指指点点。有一次，奥古斯都赏赐给他流放者的不动产，他拒绝接受。维吉尔拥有大片私有土地，约合一千万赛斯特莱斯，来自许多恩主及友人的馈赠。他在埃斯奎林奈有一处住宅，毗邻麦凯纳斯的私人花园。然而诗人一生大部分时间在乡下或意大利南部的西西里居住，过着离群索居的生活。

维吉尔成年之前，父母相继去世，父亲晚年失明，兄弟西罗（Silo）早夭，弗拉库斯（Flaccus）成年不久亦离世，《牧歌集》中维吉尔以达芙尼的身份为弗拉库斯的不幸离世吟唱挽歌。他研习过多种学科，如医学、数学等。他在法庭上做过唯一的一次辩护，据迈利苏斯（Melissus）所言，他在庭上的发言语速极慢，像个目不识丁的人。

维吉尔的第一首诗作于童年［两行的诙谐短诗，关于一桩臭名昭著的公路抢劫案，发起人巴利斯塔（Balista）是一所角斗士学校的所有人，在抢劫案中被乱石砸死］：

　　　　这堆石丘之下埋葬着巴利斯塔。

　　　　如今，旅人们，昼夜尽可平安上路

接下来，他先后创作了《杂诗》（*Cataleptan*）、《普利阿贝厄》（*Priapea*）、《警句短诗》（*Epigramnata*）、《诅咒》（*Dirae*），以及《西里斯》（*Ciris*）和《蚊子》（*Culex*）。短诗内容如下。酷暑的一天，一位牧羊人十分疲累，倒头睡在大树下，一条蛇向他缓缓爬来，这时附近水塘里飞来一只蚊子，叮在他的前额上。被叮醒的牧羊人拍死了蚊子，杀死了蛇。后来，牧人为那蚊子立了座墓碑，铭文如下：

> 小小蚊子，群羊的守护者，
> 死后给予你应得的荣耀。
> 因你救了牧羊人的性命。

他还书写过《埃特纳火山》（*Aetna*）的诗歌，很多人不认为此诗出自维吉尔之手。后来，他尝试创作罗马史诗的诗歌，但发现主题不合适，转而创作田园诗《牧歌集》，目的是赞颂阿西纽斯·鲍里奥（Asinius Pollio）、阿非努斯·瓦卢斯（Alfenus Varus）和科卢内斯·贾卢斯（Cornelius Gallus）。在腓利比之战胜利后，后三头推行一个土地流转政策，即将许多小土地所有者的土地收归国有，并以犒赏退役军人，上述三人免除了维吉尔在波河以外的土地分配上的损失。其后，他创作《农事诗》以称颂麦凯纳斯（那时两人只是泛泛之交），但麦凯纳斯在一次退役老兵因土地纠纷而升级的暴力攻击中救了他一命。最后，他开始着手创作《埃涅阿斯纪》，一个情节跌宕曲折的史诗故事，相当于《奥德赛》和《伊利亚特》两部史诗的合集。此外，史诗中涵盖了希腊和罗马的人物、地名风物，史诗旨在追忆罗马建国的历史和奥古斯都的族谱。

据记载，维吉尔创作《农事诗》时，每天很早的时候，口述已酝酿成形的多行诗句，然后花一整天的时间反复琢磨，提炼至短短几行。

诗人有一句话说得好："写诗如同熊妈妈哺育小熊仔，慢慢地舔舐长大。"创作《埃涅阿斯纪》时，诗人用散文体写出底稿，分成十二卷，然后再一段段地把它改为诗歌体，随性而至，并不遵循任何固定的顺序。当文思泉涌时，为避免不必要的中断，他会跳过一些未完成的章节，而在其他章节中，则插入一些琐碎的诗句来暂时支撑叙事的完整性，他开玩笑地说，这些诗句是用来支撑作品结构的道具，直到永久支撑（即打磨好的诗行）取代它们。

维吉尔用三年时间创作《牧歌集》，花费七年时间打磨《农事诗》，而《埃涅阿斯纪》的创作花费了整整十一年。《牧歌集》刚一发表便风靡一时，以至于时常被歌者拿来在舞台上吟诵。《农事诗》曾经被诗人在连续四天的时间里，面诵给奥古斯都大帝，当时奥古斯都在阿克兴海战大捷，班师返回罗马的路上，维吉尔则在阿特拉疗养喉疾。当诗人无法朗诵时麦凯纳斯就示意他停下，并替他朗诵。维吉尔的朗诵悠扬动人，富有旋律和高妙的艺术性，使他的念诵富有魔力一般。事实上，据赛内卡（Seneca）记载，诗人朱利乌斯·蒙塔努斯（Julius Montanus）常说他想窃取维吉尔的诗句，"但前提是他可以偷走维吉尔的嗓音和朗诵方式，同样的诗句，他读起来美妙无比，其他人朗诵则平平无奇"。

《埃涅阿斯纪》几乎还未开始创作，便引起众人期待，塞克图斯·普洛佩提乌斯（Sextus Propertins）大胆地断言：

> 罗马的诗人，希腊的诗人，请列位先贤让道，
> 超越《伊利亚特》的旷世诗即将问世。

奥古斯都大帝在远征坎塔布里亚的战役途中，用夹杂恳求和善意威胁的方式，敦促维吉尔送去诗文片段以供赏阅（奥古斯都原话如是："不论是梗概提要，或是你满意的片段"）。然而，直到很久之后，史

诗大体上完稿，诗人方对皇帝诵读其中的三卷内容，卷二、卷四及卷六。当时屋大维娅也在场，当诵读到卷六提到她的儿子"你将成为玛尔凯鲁斯"（*tu Mancellus eris…*）时，屋大维娅昏倒在地，许久才苏醒。维吉尔还偶尔对其他的听众朗诵过，主要是些他拿不准的片段，需要受众的反馈。

据传闻，诗人的自由民文书埃洛斯（Eros）在老年时常说，维吉尔曾在一次朗诵中临场补齐了两行诗句，在诗文"弥塞努姆，艾奥鲁斯之子"（*Misenum Aeoliden*）后加了一句"无人可与他相比"（*quo non praestantior alter*）以及在"以号角激励士气"（*aere ciere viros…*）后面，同样突发灵感，加上"用号角声点燃战神怒火"（*Martemque accendere cantu*）。他即刻让埃洛斯将这两句加入诗行。

诗人五十二岁那年尝试将《埃涅阿斯纪》圆满收尾，计划出国去希腊和亚细亚闭关三年，全身心投入史诗最后的修订，以便将余生奉献给哲学研究。但临近出发之际，他在雅典偶遇从希腊返回罗马的奥古斯都，于是决定陪同奥古斯都一同返回罗马。在非常炎热的一天，诗人去了附近的梅加拉镇（Magara）观光，不幸患疾。尽管如此，他仍坚持乘船返回意大利，后病情恶化，到达布鲁恩迪西乌姆（Brundisium）时已危在旦夕，几天后不幸离世，卒于公元前 19 年 9 月 21 日，时值桑提乌斯（Santius）和卢克莱提乌斯（Q. Lucretius）执政任期。诗人遗体被送回那不勒斯，并于那里安葬，如今在那不勒斯通往普泰奥里（Puteoli）的路上可见其墓碑，墓碑上刻有诗人自己撰写的两行墓志铭：

> 生于曼图阿，死于卡拉布里亚，
> 安息于那不勒斯，我歌唱过放牧、农庄和英雄。

维吉尔留了一半的遗产给他同母异父的兄弟瓦莱留斯·普罗克鲁斯

(Valerius Proculus)，留了四分之一给奥古斯都，十二分之一给麦凯纳斯，剩下的部分留给瓦留斯（L. Varius）和普罗提乌斯·图卡（Plotius Tucca）［后者在维吉尔离世后，听从奥古斯都的旨意编辑出版《埃涅阿斯纪》］。关于这个话题，迦太基诗人苏比奇乌斯（Sulpicius）有诗为证：

> 维吉尔临终前嘱咐焚毁这部讲述弗里吉亚王子的史诗，
> 图卡和瓦留斯拒绝照做，而您，凯撒，
> 下旨意保护文稿周全，意在维护罗马建城史的荣耀，
> 命运多舛的佩尔贾姆图书馆几乎再遇火灾，
> 特洛伊险些遭受二次覆灭的焚毁。

　　维吉尔离开意大利前，尝试说服瓦留斯焚毁《埃涅阿斯纪》，但是瓦留斯坚决拒绝做出这样的承诺。于是，诗人在病危期间，反复多次询问保存诗文手稿的匣子，试图亲手焚毁诗稿。可是，没有人送来，他也没有再就此给出具体的指示。诗人在遗嘱里，将作品遗赠给上述的瓦留斯和图卡。条件是，两人不得将诗人生前未公布的诗作公之于众。然而，瓦留斯遵从奥古斯都的旨意，稍作编辑便出版了这部史诗，我们可以看到，诗人未完成的诗句依然保留原貌。后人争相填补那几行空缺，鲜有成功的诗句问世［难度缘于所有维吉尔留下的诗行空缺，在意义上都是完整的，除了 "quem tibi iam Troia" 这一句］。一位名叫尼苏斯的文学教师经常说，听前辈说过，瓦留斯变换了《埃涅阿斯纪》其中两卷的内容，将原来的卷二改为卷三，进一步修订了卷一的内容，删掉了如下诗行：

> 我曾经把我的诗歌调成质朴乡间的曲调，

> 而后离弃了森林，教导临近的田野，
>
> 遵循农人那贪婪的要求——这对农人来说，
>
> 是一种恩惠。如今，不歌唱战神马尔斯……

对维吉尔怀有敌意的批评者不在少数［不足为奇，就连荷马也遭人诋毁］。《牧歌集》刚刚面世时，一位名叫努米托利乌斯的名不见经传的诗人，写了一篇《反牧歌集》，仅有两首诗，皆是很俗套的戏仿之作，其中一首这样开篇：

> 提屠鲁斯，如果你有温暖的外套，
>
> 何必在榉树的亭盖下栖身？

第二首这样写道：

> 告诉我，达摩埃塔，这些是谁的牧群？这是拉丁语？
>
> 不，这是埃贡话；我们乡下人这样说话。

另一个人，据说当时维吉尔正在朗诵《农事诗》如下片段：

> 请脱掉你的外套，去田里犁地，去播种。

他打断朗诵，并插入一句：

> 你很快会感冒、发烧。

卡维利特·皮克托（Carvilit Pictor）出了一本反对《埃涅阿斯纪》

的书，题为《抨击埃涅阿斯纪》。维萨尼乌斯（M. Vipsanius）经常说，在麦凯纳斯的赞助之下，维吉尔发明了一种新式的做作文风，既不浮夸，也不故作质朴，而是基于常见词汇，以至于很难发现它的做作。海伦尼乌斯（Herennius）罗列出维吉尔的错误，贝雷留斯·法乌斯图斯（Perellius Faustus）则列出维吉尔借鉴前辈诗人的句子。奥克塔乌斯·阿维图斯的八卷本著作《雷同》中，详细列举出维吉尔借用前人的诗句和对应出处。阿斯克纽斯·贝蒂纽斯（Asconius Pedianus）在为维吉尔正名，驳斥其他诋毁批评家的书中，回应了少数批判意见，多半是关于史诗中的事实错误及对荷马的借用问题，阿斯克纽斯引用了维吉尔自己常用的，反驳荷马史诗剽窃指控的说法："请这些批判家自己去试试，他们很快会发现，盗用荷马的一行诗句，比窃取赫拉克勒斯的大棒还难。"阿斯克纽斯说，无论如何，维吉尔生前计划去海外闭关，尽善尽美地润色雕琢整部史诗，直到最苛刻的批判家点头满意为止。

上述就是古代流传的《维吉尔传》最完善的版本，显而易见，包含很多无意义的混杂说法和无从考据的传说。无论如何，关于《埃涅阿斯纪》创作的部分，大都可以用史诗中显见的事实来证明，传记中那些不容易证实的部分，可以认为是后世杜撰出来的。①

---

① See. CAMPS W A. *An Introduction to VIRGIL'S AENEID* [M]. New York：Oxford University Press，1969.

附录三

诗歌表达：语言与情感①

　　《埃涅阿斯纪》中的元素，如中心主题、主要人物的经历、整体的设计和架构，这些都是史诗故事所必需的成分。但史诗故事并不一定就是史诗，维吉尔在成为史诗诗人之前，先是一位诗人。因此，关于《埃涅阿斯纪》的书籍必须包含一些关于诗人与其他类型文学艺术家之间区别的思考。但这种意义上的诗歌，即修辞的诗歌，难以分析，因为它不同于其组成部分的总和，而且无论如何，其组成部分都是无法衡量或识别的。因此，它无法被描述或解释。我们所能做的就是评论一些选定的特征，使读者可以从中受益。

　　维吉尔的修辞虽然很大程度上与他同时代的散文词汇相同，但有意地采用了"诗性"修辞，例如《失乐园》或《国王之歌》（*Idylls of the King*）中的修辞。因此，词汇中散布着一些从早期诗歌中继承或类比而来的单词和短语，如 olli、aquai、fuat、vixet（illi、aquae、sit、vixiset 的附加和替代词）；诗人生活的时代拉丁语中已经过时的复合词，如 velivolus、vulgifus、horrisonus、letifer、fatiferlaniger、saeliger；用不太常用的词汇，如 fari、gemini、longaevus、superplanta、palma、mucro、cuspis、

　　① 译自 CAMPS W A. An Introduction to VIRGIL'S AENEID ［M］. NewYork：Oxford University Press，1969：61-74.

genitor、natus、germanus，来替换常见单词如 dicere、duo、senex、dei、pes、manus、gladius、hasta、pater、flius、fater（意思分别为说、双、老、神、足、手、剑、矛、父、子、兄弟）；以及一系列"海"的变体词——alum、sal、pelagwspontus、aequor、marmor、gurges、undae、freta、vada 和"海"本身（mare）。这些"诗性"词汇中有许多在 18 世纪和 19 世纪的英国诗歌修辞中都有对应。例如，thou 和 ye，mine 和 my，had 和 would have，quoth 和 spake，twain 和 aged，blade 和 sire，更不用说表示大海的 deep、brine、main 和 billows 等。这种词汇元素为维吉尔的措辞增添了色彩，但并没有垄断维吉尔的全部风格，也没有导致古怪或矫揉造作的效果。

这种与散文体不同的诗歌词汇，对诗人和公众而言，是适用于史诗的天然媒介（他们有节奏地诵读诗歌就像现代读者阅读小说一样自然而然），这套词汇与日常语言不同，因为史诗的世界与日常世界截然不同。正因为如此，维吉尔时不时地引用他的拉丁史诗前辈恩尼乌斯（Ennius）的整个短语或词组。例如，est locus, Hesperiam…; summa…opum vi; olli…respondit; sancte deorum; belli ferratos postes; omnes arma requirunt; vertunt crateras aenos; concurrunt undique telis; tollitur in caelum clamor（意思分别为西方国、竭力、回复、众神中的圣者、铁门、众人请战、倾斜铜碗、拿起武器自八方聚集、叫喊声震天）等，包括反复出现的 divum pater atque hominum rex（万民之王）以及第六卷中安契西斯预言中描述法比乌斯的 unus qui nobis cunctando restituis rem（你是唯一用战术拯救国家的人）。有时，恩尼乌斯引用的短语可以被识别为荷马公式的翻译。例如，sonitum super arma dedere（身上的铠甲哐哐作响）= αράβησε δε τευχε "επ" αυτω，以及《埃涅阿斯纪》中许多荷马短语的影子，在拉丁文版本中随处可见，这些版本有些是恩尼乌斯翻译的，有些是维吉尔自己翻译的：miserismortalibu（不幸的世人）=

δειλοϊσιβροτοϊσι；saevo pectore（满腔怒火）= νηλεϊ θυμω；lacrimabile bellum（令人泪目的战争）= πόλεμον δακρυόεντα；animo gralissime noslro（心上人）= εμψ κεΧρσμενε θυμψ；sic fatur lacrimans（流泪说）= ωζ φατο δακρυ Χεω；longe gradientem（大步流星）= φασγαυα καλα。这些史诗式的表达方式是遗传下来的，其他一些可能是以它们为模板创造出来的，如 altamoenia Romae（罗马的高墙），Troiae sub moenibus altis（特洛伊的高墙下），solio…ab alto（在田地上，从高处），等等。一些日常过程，如生火或准备简单的饭菜，被精心地改写，可能是为了摆脱那些被认为过于平淡无奇的联想。

维吉尔的措辞在句法上与散文有所不同，表现在句子中单词的语法组合方式上。有时，一个主要与某一个名词相关的形容词会被从语法上附加到另一个名词上，如 recentem caede locum（最近从战场上回来），purpurei cristis iuvenes（穿着紫色铠甲的年轻战士），claradedit sonitum tuba（清澈的管乐声）；或者两个通过动词相关联的名词的正常关系被颠倒，如 excussa magistro navis（被解职的船长），adlabi classibusaequor（海水随船涌流），neque me sententia verlit（我不会改变心意）。有时，一个短语会被压缩，省略一个有意义的术语，而将其留给读者去思考，如 excedere palma（退出争夺奖品的比赛），falsa subproditione（误判为背叛的指控），timuit…pennis（惊慌地颤抖），caeso sanguine（被屠杀的牺牲的鲜血）。有时，语法和意义都需要通过某种方式来完善，以及需要想象来补全语意，如：quos dives Anagnia pascit, quos, Amasene pater（富饶的阿纳尼亚养育的人，阿玛塞奈养育的人）（需补上 tu pascis）；non vitae gaudia quaero, sed nato Manes perferre sub imos（今生的欢乐已尽）（需补上 gaudia）；Aeneas eguitum levia…arma praemisit, quaterent campos（ut or imperavitque ut qualerent…）（埃涅阿斯派骑兵巡视战场）。可以看出，这样灵活的结构不仅为诗歌修辞增添了多样性，而且使其更加紧凑。另一个要素是，扩大单独使用名词不同格可以获得更广泛的意义和价值。名词属格，如 urbis opus（大如城市），utero luporum（斯库拉腹中生出狼），aeris campis（空旷的平原），ira deorum（对诸神的愤怒），nati vulnera（她儿子造成的伤口）；名词夺格用法，如 clamore（大声呼喊），gemitu（呻吟），flumine（河边），talibus dictis（被这些话点燃），fuso crateres olivo（装满油的碗），domus sanie dapibusque cruentis（因吃人肉而溅满血迹的洞穴）。当不需要单词时，可以省略那些功能纯粹是句法的单词。

但是，比《埃涅阿斯纪》中诗意色彩的词语和句法结构更具有维吉尔风格的是用基本的词汇创造出富有表现力的原创短语。例如，描述一个人与武装袭击者搏斗时，使用了 vim viribus exit（他奋力抵抗，躲开了对方的攻击）；埃凡德尔使用 rebusque veni non asper egetis（不要轻视穷人寒酸居所的欢迎）这句话引导埃涅阿斯进入他简朴的住所；埃涅阿斯听说狄多已经不在人世，并且她已经 ferro…extrema secutam（用剑寻求终结）；图尔努斯在灾难的种种迹象面前，一度感到困惑，思绪混乱（varia confuses imagine rerum）；当埃涅阿斯在迦太基的神庙门上看到描绘的特洛伊故事时，他心里想：qua regio in terris nostri non plena laboris？（世界上还有哪片土地上没有流传我们苦难的故事？）拉提努斯警告图尔努斯 respice res bello varias（想想战争中变幻莫测的命运）。这些只是随机举的几个例子，说明这种风格无处不在。它从基本和简单动词（如 do、fero、habeo、sequor、premo、tempto、tango、voco、misceo）中提取，从简单形容词（如 durus、carus、caecus、fessus、ingens、vaslus、mollis、asper、cavus、miser、aeger、varius）中提取，以及从简单名词（如 res、vis、laus、mens、sors、labor、amor、finis、moles、honos、fortuna、imago）中提取，形成不同的文学效果。因此，安契西斯敦促焦虑的特洛伊人向阿波罗求神谕，询问"quam fessis finem rebus ferat, unde laborum temptare auxilium iubeat…"（特洛伊的命运如何？我们要到哪里去安家？）。在西西里岛，心灰意冷的特洛伊妇女们内心充满矛盾，因爱而痛苦，因疲劳而呼喊，miserum inter amorem praesentis terrae fatisque vocantia regna（一方面令人同情地眷恋着她们业已到达的这块土地，一方面又舍不得不去那命运召唤她们去的国土）。这种方法的好处是措辞的灵活性，这有利于创造维吉尔独特的音韵模式，关于这一点，我们将在下文详述。另一个好处是它带来了一种语义模糊性，这使得许多维吉尔式的短语除了在诗中直接语境下所确定的意义外，还能产生多种含义。例如，"quae regio in terris nostri non plena laboris?"，这句话在它的语境中意味着"哪片土地没有充满我们苦难的名声？"，但在另一个语境中，它可能意味着"我们人民的成就谁人不知晓？"，或者"我们在何处不曾辛劳和受苦过的？"；除此之外，还有其他各种可能的意义。这也是为什么对后来的读者来说，维吉尔的许多短语似乎与他们自身经历中的语境完全契合，尽管这些语境与诗人创作这些短语的初衷大相径庭。

维吉尔有些诗句具有多重含义，但另一些诗句则精确地表达了某一特定情境下的特定情感。达到这样的效果，有时是通过使用形式和意义上都很独特的单词，有时也是通过使用因其上下文语境而被赋予独特价值的普通单词。在前一类中，许多表达情感的词汇都以 -abilis 结尾：lamentabilis（可悲的）、inlaetabilis（可进入的）、ineluctabilis（不可避免的）、immedicabilis（无法治愈的）、irextricabilis（无法解决的）、implacabilis（不可安抚的）、miserabilis（悲惨的）、lacrimabilis（可流泪的）、inamabilis（不可憎的）等。在这些单词中，单词的独特形式加强了其明显的情感内涵。同样，在描述性的词汇中，如 imperterritus（无足轻重）、picturatas（描绘）、increbrescere（燃烧）、desolavimus（悲伤）、circumfundimur（环绕）、circumvolat（旋转）、discriminat（辨别）、remurmurat（喃喃自语）、subremigat（下沉）等，单词因为音节长加强了描述效果。具有特殊词尾的形容词也是如此，如-osus [villosus（毛茸茸的），latebrosus（满是裂缝的），fragosus（咆哮的）] 和-ax [tenaci forcipe（钳子夹紧），nidis loquacibus（窝里叽叽喳喳的小鸡），ignis edax（贪婪的）] 等。还有一些动词表达反复进行的动作，以-so和-to为词尾（如rapto、volito、prenso、pulso、lapso等），或以-esco为词尾的动词表示动作开始（如inardesco、ignesco、claresco、silesco、languesco、tremesco等）也是如此。在大多数情况下，单词的独特形式吸引了人们的注意，同时让大脑产生确定的、具体的识别反应：lapsodescribes表示在湿滑的地面脚下不停滑动，prenso表示双手徒劳地抓握，receptor表示努力挣脱卡住的东西，albesco一词用来描述黎明时天空逐渐变亮的过程，clarisco用来描述声音随着接近而变得更响亮、更易辨认的过程，liquesco用来描述固体开始融化的过程。这些词都唤起了一种即刻被识别，并在识别过程中产生的体验或观察。这样独特的意义就由相对应的独特词汇来传达。

另一方面，通过上下文与一个普通词汇的联合作用，往往也能达到同样精确的表达效果，而这种普通词汇本身并不会引发特定的反应。在狄多宫殿中，宴会者们欢呼雀跃，声音响彻整个大厅和走廊（vocem…per ampla voluant atria）。在这里，上下文，即庆祝活动的喧闹声（本身由voluant这个相当独特的词汇传达）使得熟悉的形容词ampla让人联想到大厅、走廊和其他房间的宽敞，这些房间是传播回声的地方。同样，当皮鲁斯（Pyrrhus）追赶波利提斯（Polites）时，他沿着长长的走廊奔跑着，跑向没有人的厅堂（porticibus longis vacua atria lustrat），熟悉的形容词longis和vacua标识了这一特殊情境中的情感特征，并因此变得意味深长：它们引导读者想象出旁观者的悬念、奔跑者的脚步声所发出的回响，等等。一个更明晰的例子是，当海仙女库莫多刻（Cymodoce）用一只手握住埃涅阿斯船的船尾，另一只手在水下划桨时，诗人用"她的左手悄悄地在水底下滑动"（et laeva tacitis subremigat undis）来描述她。在这里，熟悉的普通词汇 tacitis 让我们注意到一种独特现象，这个现象在读者心中引发了反应，让诗歌中描述的场景瞬间鲜活起来，即透过水面看到的奇特的无声运动。在所有这些例证以及许多类似例证中，普通词汇标识了上下文中的独特特征，而上下文则从普通词汇中提取出特殊的、有价值的意涵。这一过程的工作原理可以进一步研究，比如，诗人对普通形容词 ingen 和 cavus 的使用。ingen 表示体量大，衍生出 ingen argentum（巨大的银器），ingen tem fumum（喷火巨人喷出的浓烟），ingen clamor（军队震天的呼喊），iussis ingenenti（神谕之神的严厉命令），ingen mole（倒地的战士的沉重身体），Ingen…umbra（战士投下的巨大而可怕的阴影，从他倒下的敌人身旁隐约可见），等等。从另一个形容词 cavus（表示空洞，并可能暗示与此概念相关的各种含义），衍生出 cavae plangoribus aedes femineis ululant（宫殿里回荡着女人们的哭泣声和哀嚎声），multa cavo lateri ingeminant（拳击手们挥舞着拳头，重重地击打着身体发出的声音），manibus…lacessunt pectora plausa cavis（马夫们拍打着马匹），cava tempora ferro traicit（阿斯卡纽斯的箭像穿过脆弱的贝壳一样，穿透了对手的太阳穴），cava sub imagine formae（幽灵们只是空洞的形状），nox atra cava cricumvolat umbra（黑暗似乎笼罩着他，在他周围拍打着，发出嘶嘶声）。不同的上下文语境从其他常见的形容词中提取出了多重情感，如 mollis（柔软的）、durus（坚硬的）、asper（粗糙的）、aeger（饥饿的）、caecus（盲目的）、vastus（巨大的）、clarus（明亮的）、varius（各种各样的）、incertus（不确定的），等等。

到目前为止，我们讨论的都是词语的意义和内涵中蕴含的诗意。另一个元素在于词语组合时产生的节奏和声音。这一元素不仅对读者的耳朵产生单独的吸引力，还以各种方式与同时传达给读者心中的意义相辅相成。在诗歌创作中，诗人有三种资源可供使用。

首先，六音步的韵律贯穿于诗人的表达，形成了固定的节奏。尽管这种节奏是固定的，但它可以容纳两种内部变化。一方面，六音步格诗行的每一个音步（除了最后一个）可以是扬扬格，也可以是扬抑抑格，但前提是诗行中至少要有一个扬抑抑格音步。因此，扬扬格音步和扬抑抑格音步的组合排列可以提供二十七种不同模式，构成了持续变化的韵律模式。另一方面，在每个音步中，诗句的运动所产生的节拍与普通发音中单词的重音可能重合，也可能不重合。例如，在"spargens umida mella soporiferumque papaver"（她能洒蜜汁样的仙露和催眠的罂粟籽）这句中，单词的重音和诗句的节拍完全契合一致，而在"dat latus：insequitur cumulo praeruptus aquae mons"（船舷受到波涛的冲击，海水像一座巉岩的大山一样涌起）这句中，两者则没有重合。在这两种极端情况之间，还有各种各样的组合方式。因此，这种韵律系统一方面保持了严格的规整性，另一方面又提供了丰富的变化。

其次，散文作家，尤其是演说家，赋予其诗作形式和意义的各种技巧，诗人也可以使用。这些技巧包括常见的句子结构修辞，如倒装［连续短语中词序的颠倒，如"spem vultu simulat，premit altum corde dolorem"（他虽然因万分忧虑而感到难过，表面上却装做充满希望，把痛苦深深埋藏在心里）］，回环［首语重复，在连续句子的开头重复一个词，如"iam matura viro，iam plenis nubilis annis"（已经到了出嫁的年龄，可以婚配了）］，以及并列结构，将同一单词不同的格并置在一起，如"illum absens absentem auditque videtque"（尽管他已不在身边，他的声音容貌还在眼前）；但最重要的是，调整句子或段落中各个部分的长度，让诗读起来能产生一种韵律。维吉尔在处理六步格诗时的一个特点在于，他使句子和段落结构的演变摆脱了过度受制于由韵律严谨所带来的不断重现、整齐划一的停顿。比如：

Aeolus haec contra：" Tuus, o regina, quid optes

Explorare labor；mihil iussa capessere fas est.

Tu mihil quodcumque hoc regni, tu sceptra Iovemque

Concilias, tu das epulis accumbere divum

Nimborumque facis tempestatumque potentem. " （1. 76-80）①

埃俄路斯回答道："天后，你考虑你想要什么，

这是你的事；我的职责是执行你的命令。

我这小小王国的一切都是你的赏赐，我的权力、

尤比特的恩典都是你给的，我能参加神的宴会

也靠你，又是你给了我呼风兴云的力量。"

　　这个例证非常典型，说明维吉尔在诗歌的韵律模式之上还能创作出一种在修辞上精心设计的句式结构。

　　再次，通过半谐韵产生的整体音韵效果，比如：

Desine meque tuis incendere teque querelis （4. 360）

你不要埋怨了，免得你和我都不愉快。

还有使用压头韵的例证，比如：

At regina gravi iamdudum saucia cura

Vulnus alit venis et caeco carpitur igni.

---

①　古典诗歌惯例以几卷几行来列举出处。例如，（1. 76-80）表示引用自维吉尔史诗《埃涅阿斯纪》卷一，第76至80行。

Multa viri virtus animo multusque recursat

Gentis honos：haerent infixi pectore vultus

Verbaque，nec placidam membris dat cura quietem. （4.1-5）

但是女王狄多早已被一股怜爱之情深深刺伤，

用自己的生命之血在调养创伤，无名的孽火在侵蚀着她。

埃涅阿斯英武的气概和高贵的出身一直萦回于她的脑际；

他的相貌和言谈牢牢印在她的心上，

她的爱慕之情使她手足无措，不得安宁。

这种音韵效果以各种形式和不同程度出现于全诗中，但在情感炙热的段落中更为明显。读者有必要意识到它的存在，并对其效果保持敏感，因为拉丁诗人和拉丁散文作家都非常关注写作风格的"声音效果"，正如昆体良（Quintilian）所说，这是因为他们意识到拉丁语不如希腊语自然悦耳，这种不足必须通过作家的艺术技巧来弥补。当然，这并不意味着作家会按照字母表中的字母及其可能的组合来思考或创作，而是他在寻找某一情境中，耳朵能听得到的声音效果。正因如此，拉丁语教学特别强调风格中的声音元素。在一个人们通常都是大声朗读的世界里，对声音的敏感是普遍存在的。在特定环境中具有一定的声音质量，这种声音是由字母表示的值的某些组合产生的，可以在印刷品中观察到。但作者意识到的是他想要的声音，而不是字母本身的发音。

韵律和句子结构产生的节奏，头韵和半谐韵产生的声音效果本身就提供了一种音韵的美感，但它们也可以以不同方式帮助诗人传达他想表达的意义或感受。

例如，一行诗歌的主干是扬抑抑格音步还是扬扬格音步，会决定这一行诗歌的运行是快还是慢。显然，一些主题适合用慢速运行的诗行来表现，另一些主题则适合较快运行的诗行。比如：

Illi inter sese multa vi brachia iactant（8.452）

他们抡起巨臂用尽全力你一锤我一锤有节奏地捶打着

以及这一句：

Centum aerei claudunt vectes aeternaque ferri

robora…（7.609-10）

一百根铜栓和牢固的坚铁，

将两扇门紧锁……

还有这一句：

infelix! nati funus crudele videbis（11.53）

不幸的父亲，你见到的将是你儿子的葬礼！

上述几行缓慢进行的诗句，分别适用于下列主题：库克罗普斯们举起沉重的大铁锤；用铁栓锁住、牢不可破的大门；失去儿子的父亲所遭受的巨大而沉痛的损失。另一方面，在下列诗行中：

Illa pharetram

fert umero, gradiensque deas supereminet omnis（1.501-502）

肩上挂着一支箭，在前进中显得比所有女仙都高出一头。

Ipse manu magna Portunus euntem

Impulit：illa noto citius volucrique sagitta

Ad terram fugit… （5. 241-243）
老海神波尔图尔努斯
用他的巨掌把船推向前方，
这船就直奔海岸，比那南风和羽箭还快，
安然到达了宽阔的港口。

Quadrupedante putrem sonitu quatit ungula campum （8. 596）
驰骋的马蹄声震动了松软的田野。

快速运行的扬抑抑格诗行适合描述女神的快速步伐，将船只推入水中的加速运行，以及马的轻快驰骋。

修辞的韵律——以圣保罗论爱一章中或林肯在葛底斯堡演说中所展现的那种韵律为代表——显然可以增强一个论断的情感力量。在维吉尔的作品中，这种效果不仅体现在人物对白中，比如卷一中朱庇特的预言和第六卷中安契西斯的长篇大论，还体现在叙述和描述性段落中，例如卷七中意大利军队集结的"点将录"末尾对卡米拉的描述。

最后，构成句子的音节的声音价值可以通过多种方式强化句子的意义。因此，在上述引用的句子中：

Centum aerei claudunt vectes aeternaque ferri
robora… （7. 609-610）
一百根铜栓和牢固的坚铁，
将两扇门紧锁……

凝重的双辅音和双元音占据主导地位，使得这句诗对两扇紧锁大门的描写变得凝滞、沉重而迟缓。在另一个上述例句中：

176

Quadrupedante putrem sonitu quatit ungula campum（8. 596）

驰骋的马蹄声震动了松软的田野。

双辅音凝重的音质与马蹄的强音相呼应，同样是使用扬抑抑格，描写船只加速运行的那句诗行的音乐性则有所区分：这两种运动都很快，但船的运动与马的运动截然不同。

声音与感知之间紧密关联的例证，见于狄多的诅咒诗句：

exoriare aliquis nostris ex ossibus ultor（4. 625）

让我的骨肉后代中出现一个复仇者吧。

其中 r 和 s 的押韵让人联想到低沉的咆哮和嘶嘶声。这颇具启发性，因为在描述沉睡之神引诱帕利努鲁斯（Palinurus）时：

Pone caput fessosque oculos furare labori：

ipse ego paulisper pro te tua munera inibo（5. 845−846）

把头放倒，让你疲劳的眼睛偷得片刻清闲吧。

我来接替你一小会儿，完成你的任务。

相同字母的押韵对应着低语和耳语。因此需要强调的是，在这种情况下，上述诗句产生的声音效果并不是传达意义（除非极少数情况），而是通过适当的伴奏来强化意义。显然，当某种声音是语境中的重要元素时，这种情况最容易发生，正如前文引用的两段文字中说话者的语调一样。维吉尔的许多描述进一步说明了这一点。比如，疾驰的骏马：

gemit ultima pulsu

Thraca pedum, circumque atrae formidinis ora

色雷斯在铁蹄下呻吟，

环绕着阿特拉斯的雄伟山口。

米塞努斯（Misenus）嘹亮的号角：

quo non praestantior alter

aere cicre viros, Martemque accendere cantu （6. 164-165）

他吹起铜号来令人振奋，

他的号声能鼓舞人们的战斗精神，

没有谁能比得过他。

接着是一连串轰隆隆的雷鸣声：

iterum atque iterum fragor increpat ingens （8. 527）

天上一阵阵地发出巨响。

以及船触暗礁的声响：

concussae cautes, et acuto murice remi

obnixae crepuere （5. 205-206）

礁石为之震动，船桨插进尖峭的石隙，

在噼啪声中折断了。

在所有这些诗句中，被描述的主题都涉及一种独特的声音，人们可以感觉到这些词语所发出的声音与之相协调。

但有时情况并非如此简单。在许多段落中，所描述的内容是无声的，但措辞中的声音模式却能让人感受到音效，有助于增强描述的效果。以维吉尔对流星的描绘为例：

> de caelo lapsa per umbram
> stella facem ducens multa cum luce cucurrit（2.693–694）
> 从天上穿过黑夜一颗流星划空而过，
> 拖着一条火尾，
> 发出耀眼的光芒。

或者晨星从海上升起：

> Qualis ubi Oceani perfusus Lucifer unda,
> Quem Venus ante alios astrorum diligit ignis,
> extulit os sacrum caclo tenebrasque resolvit（8.589–591）
> 他就像启明星一样，刚刚在俄刻阿诺斯的海洋中沐浴过，
> 维纳斯最钟爱的星辰，把他圣洁的面孔抬起来，
> 朝向天空，把一切阴影全都驱散。

或者是因为那颗灿烂并预示灾祸的小天狼星的升起：

> Sirius ardor
> ille sitim morbosque ferens mortalibus aegris
> nascitur et laevo contristat lumine caelum（10.273–275）
> 火一般的天狼星升起，

给不幸的人们带来干旱和疾病，

它的凶光给天空盖上了一层阴沉的气氛。

或者，当拉维尼娅（Lavinia）站在父亲身旁参加祭祀时，她身上所发生的奇异事件：

tum fumida lumine fulvo

involvi, et totis Volcanum spargere tectis（7.76-77）

她被一层浓烟和橙色的火光包围了起来，

在整座宫殿里到处散播着火星。

在所有这些诗句中，描述的场景都是以光而非声音为主要元素。然而，在每个场景中，无疑都能感受到声音的增强效果，这种效果之所以被认为显著，是因为上下文语境，比如，一桩奇迹事件，或者是引入一个比喻来描绘和强调故事中的某个重要时刻。在这些段落中，读者的耳朵会洞悉到某些既独特又不寻常的声音效果，从而激发其对段落含义的敏感性。值得注意的是，在形成声音模式时那些重复的声音，通常包括重要单词中分量重的音节。例如，luce 一词的重读音节，以及 ignis、os、Sirius、morbos、aegris、lumine 和 imvolvi 这几个单词，无论如何解释对这种效果的产生方式，事实和价值都是毋庸置疑的。

诗人一方面掌握富有表现力的词汇，并通过这些词汇的声音效果来增强这种表现力；另一方面，诗人对日常经验细节有着深刻的认识。两方面相辅相成，这种共同经验虽然普通，却不平凡。正是这种普通，使他能够通过这些词汇与普通读者产生共鸣，而其不平凡之处则激发了读者迅速而关切的反应和兴趣。这种反应可能是即刻的心领神会，或是意识到某些之前未曾领悟到的事物，现在却体察得十分真切。当然，这取决于具体的读者。例如，在黄昏的单色调中，事物只有形状没有颜色，这是一个简单的事实，然而，直到维吉尔将地下世界的幽暗与朦胧的月光进行比较，指出"黑夜夺去一切景物的色泽"（regus nox abstulit atra colorem），我才恍然大悟。但对其他人来说，这种领悟也许并不意外。当维吉尔谈到流星从天空中分离出来时，我立刻认识到了他所描述的那种奇特的效果；当他谈到闪电是"一阵闪亮的火光冲出惊雷，以耀眼的光芒穿过云层"时，我也立刻捕捉到闪电独特的外观，就像地平线上一条闪烁着明亮光芒的细丝，轮廓不规则，宛如瓷器上的裂隙。

这种观察在《埃涅阿斯纪》中无处不在，海边的场景的描写便有许多例子：冰雹坠入海中的效果；风暴云迅速逼近海面，遮蔽了阳光，伴着狂风；在某种建筑过程中，大量的石头和混凝土被倾倒入海，随着它们倾倒、下沉并慢慢沉入海底，海水会翻腾涌动，周围的水域会扬起一层沙尘；岩石被海浪拍打，海草被拍打在岩石上，然后滑回水中；海浪拍打岸边，泡沫翻滚，覆盖住岩石，然后沿着海滩呈曲线状蔓延，最后拖着鹅卵石退去。这些场景其实都源自比喻，但叙述本身也提供了许多其他例子，比如，描写着火的场景：灰烬外壳的崩塌，大火快要熄灭时燃烧的灰烬以及火焰的塌陷和消逝；燃烧的灰烬吸收倾洒在上面的水分，烟气蒸腾的样子；堆在火堆残骸上的土壤的温暖；火灾中弥漫的烟雾在封闭空间内翻腾膨胀，以及大火之后的灰烬在远处的天空起伏、旋转。这里观察到的事实是每个人都能从经验中辨认出来的，因此人们会有同感。这些着火的景象也是独特的，它们以一种独特而引人入胜的方式激发读者的情感反应，从而使得它们出现的场景栩栩如生。

将这些令人回味的笔触组合起来，可以生成一幅幅描述性的画面，比如，卷三的航行或卷二的特洛伊沦陷。在航行故事中，任何读者都会有意识或无意识地感受到从靠近或远离的船只上看到的陆地印象，岛屿风景的对比变化，海岸景观的变化特征，远处礁石上破碎者的噪声，近处悬崖的回声，以及从岸边不明来源传来的神秘声音。同样可以从共同经验中识别出来（即使来自非常不同的背景）的是特洛伊最后一晚故事中的许多元素：不祥的声音越来越近，越来越响；海中的火光倒影；半明半暗中突然出现的人影；黑暗寂静之中，有人呼唤着同伴，没有回应。这些只是几个案例，还有众多例子可以作为论据。在其他情况下，某种普遍情境下的基本特征可能仅仅通过一两个重要细节来传达，这些细节以同样的方式触及普遍但独特的经验。埃涅阿斯游历冥府时，作为血肉之躯的活人和冥界中虚幻的鬼魂之间的对比，通过他踏入冥界时冥界之船的吱吱声和漏水声，以及愤怒的鬼魂试图大声喊叫时发出的微弱声音而变得真实。埃涅阿斯拜访埃凡德尔时乡村的宁静，表现在他的船在树林中无声滑行，第二天早上鸟儿的歌声唤醒了他。狄多全神贯注于爱情，通过迦太基暂停的工事和未完成的建筑以及巨大起重机的闲置来体现。类似的描写可以增强悲剧时刻的真实感：当图尔努斯在决斗中倒下，观战的军队发出巨大的呻吟声；或是当皮鲁斯将普里阿摩斯拖向死亡，普里阿摩斯在血泊中踉跄滑倒。

《埃涅阿斯纪》的读者很快就会发现，维吉尔不仅通过读者对所见所闻的共同反应与读者对话，还通过同情地理解内心体验与读者对话：渴望、诱惑、自我冲突、悔恨、疲劳、失败、丧亲之痛、对亲人离去的恐惧、对错误或道德失败的逐渐认识，等等。无须赘述这种意识在故事中如何展现，但其中一方面与本文特别相关。在狄多和图尔努斯的故事中，外部事件的影响生动地呈现出来，加剧了即将到来的内心危机；狄多在黎明时分看到空荡荡的港口，图尔努斯则看到城墙的高塔突然起火，这是他要守护的城市。

本文主要探讨了维吉尔的诗歌作为一种媒介在讲述他的故事方面的有效性。但上文曾提到，维吉尔的许多短语具有一种广泛唤起情感的特质，使后来的读者觉得它们与自己经历中的情境相契合，尽管这些情境与维吉尔诗中的情境大不相同。诺克斯（R. A. Knox）在他的某本书中让一个角色观察到："维吉尔有这样的天赋，他能用漫不经心的一句话概括出他本来全然无法理解的人物的悲剧和渴望。"几乎一个世纪前，在麦耶斯（F. W. H. Meyers）的著名论文中也曾提到过同样的观点。这种唤起情感的特质不仅体现在维吉尔的语言上，还体现在《埃涅阿斯纪》故事中的许多主题和事件上，这些主题和事件对后世具有重要意义，这是诗人无法预见的，它们现在已成为他诗歌效果中不可分割的一部分。关于人们离开家园，在海外建立新家园的故事，关于民族历史上种族和文化的融合，关于苦难中诞生的伟大，在其他民族的历史中也有明显的相似之处。

埃涅阿斯的使命与其他人类个体的宗教或世俗职业有相似之处。诸如召唤、旅程、应许之地、对城市的希望、未来的愿景、坠入黑暗、渡过河流等主题，在维吉尔之后的传统中引发出一系列相应的主题，并唤起了这些主题所获得的象征意义。此外，《埃涅阿斯纪》中还有其他象征物，如金枝和象牙门，因其意义仍然神秘，与济慈十四行诗中的"魔窗"一样，同样富有启发性。

《埃涅阿斯纪》的语言和故事还以另一种方式唤起人们的共鸣，那就是它所蕴含的与传统诗学的承续，以及罗马历史中过去和当代事件的回响。